KB193983

DMZ 평화의 길
함께 걸어요

DMZ 평화의 길 함께 걸어요

2023년 3월 15일 제 1판 인쇄 발행

지 은 이 ㅣ 임혁규
펴 낸 이 ㅣ 박종래
펴 낸 곳 ㅣ 도서출판 명성서림

등록번호 ㅣ 301-2014-013
주   소 ㅣ 04552 서울시 중구 삼일대로8길 17 3~4층(충무로 2가)
대표전화 ㅣ 02)2277-2800
팩   스 ㅣ 02)2277-8945
이 메 일 ㅣ ms8944@chol.com

값 13,000원
ISBN 979-11-92945-17-0

DMZ 평화의 길
함께 걸어요

임 혁 규

도서출판 명성서림

Prologue

DMZ 평화의 길 철책따라 걷기

떠나는 마음

젊었을 때 한 번쯤 해보고 싶었던 국토 종주를 60을 바라보는 나이에 한다고 하니 주변에서 다들 말리는 것이다. 꿈은 언제나 꾸는 것이고 그 꿈을 이루기 위해서 도전하는 나에게 나이는 아무런 걸림돌이 되지 않고 오히려 밀려오는 흥분이 온몸을 짜릿하게 만들고 있었다. 이루어진 꿈이 하나의 허상일 수 있지만, 그 꿈속에 새로운 삶의 향기를 담을 수 있기에 나는 행복해질 수 있고 그 꿈을 이루기 위해 도전을 하려고 한다.

장거리 종주 여행은 준비할 것이 많다. 그중 제일 중요한 것은 계절에 맞게 체력을 만들어야 한다. 겨울에는 추위에 움츠러드는 몸을 펴고 한파를 뚫고 걸어가야 하고, 여름에는 폭염과 폭우를 뚫고 갈 수 있도록 계절에 맞게 체력을 길러줘야 한다. 그리고 종주할 때 필요한 식단과 물품을 준비해야 하는데, 종주 내내 필요한 물품과 중간에 보급으로 채울 물건을 나누어 준비해야 한다. 나에게 익숙하게 길들여진 신발과 햇빛을 차단하고 땀 배출이 잘되는 의류를 준비해야 한다. 몸이 지치지 않게 충분히 수분을 보충해주어야 하는데 물로만 보충하다 보면 탈수 현상이 일어날 수 있다. 염분을 섭취하는 것도 좋지만 스포츠음료 등으로 보충해주는 것도 좋다. 다음은 일정계획을 짜야 하는데 하루 걸을 거리와 중간에 쉴 곳, 식사할 곳, 숙소까지 꼼꼼히 챙겨야 한다. 특히 숙소는 종주의 질을 결정하는 중요한 요소이기에 전화로만 예약하지 말고 미리 답사하는 것도 좋으며 대안 숙소도 알아보는 것이 좋다. 비상 상비약은 필수로 챙겨야 하며, 일회용 밴드와 의료용 종이 테이프는 발에 물집이 생겼을 때 유용하게 사용하므로 충분히 준비하는 것이 좋다. 우산하고 우의를 챙기면 좋은데 종주 중에 우산보다는 우의를 입는 경우가 많다. 나머지는 배낭의 크기를 고려하여 개인용품을 준비하면 된다.

　DMZ는 강원도 고성부터 경기도 파주까지 동서길이 248km를 말하며, 군사분계선을 중심으로 남쪽으로 2km를 남방한계선, 북쪽으로 2km를 북방한계선이라고 한다. 남방한계선에서 5~20km밖에 민간인통제선이 설정되어 있어 일반인들이 접근할 수 없는 지역이다. DMZ 따라가는 곳마다 피비린내 나는 전쟁의 흔적이 남아 있고, 전쟁의 유품들은 세월 속에 묻혀 생태계와 하나가 되어 동·식물의 서식지로 변했다. 그리고 지구상에서 볼 수 없는 천혜의 자연 보고가 되어 사람의 발길을 받아들이려 하고 있다. 그곳에 걸어서 갈 수 있는 최북단 이음 길 'DMZ 평화의 길'을 만들어 한반도를 동에서 서쪽으로 걸어 보려고 한다.

함부로 들어갈 수 없는 DMZ이기에 출발 전에 군부대로부터 출입 허가를 받았고, 한여름 무더위에 흐르는 땀을 닦아줄 수건 한 장과 쏟아지는 빗줄기를 받쳐줄 챙 달린 모자를 준비하였다. 그리고 강렬한 태양으로부터 눈을 보호해줄 선글라스와 배낭 하나 메고 종주길을 나선다.

이번 종주를 위해 많은 도움을 주신 통일부, 국방부 관계자분들에게 깊은 감사를 드리며 함께 해준 여러 선생님과 DMZ를 이끌어준 종주 대장님에게도 무한한 경의를 표한다. 종주하는 동안 많은 응원의 메시지를 보내준 애정 어린 친구들이 있어 즐거웠고, 특히 이번 종주를 할 수 있게 기회를 만들어준 사랑하는 가족에게 무한한 애정을 보낸다.

2023. 1.

DMZ 접경지역 적성에서

임혁규

목 차

1

DMZ 잃어버린 시간을 찾아서

　우리나라를 에워싸고 걷는 길을 코리아둘레길이라고 하며 총4,546km로 동·서·남해 해안 길과 DMZ 접경지역 길을 걷는 대표적인 종주 길이다.

　고성 통일 전망대에서 부산까지 걷는 해파랑 길은 750km로 동해의 푸른 바다를 보면서 여행할 수 있는 해안선 길이다. 부산에서 남해의 굴곡진 해안선을 따라 섬을 넘나들면서 해남 땅 끝 마을을 잇는 1,470km의 남파랑 길은 남도의 아름다운 섬 여행이며, 서해랑 길은 서해안을 따라 강화도에서 해남까지 1,800km를 걷는 여행이다. 한반도의 허리를 가로 지르는 DMZ평화의 길은 526km로 DMZ만이 간직하고 있는 전쟁의 상흔을 느끼면서 걷는 평화를 갈망하는 길이다. 이번 여행은 우리나라 최북단 이음길인 DMZ평화의 길에서 분단의 역사와 전쟁의 아픈 흔적을 더듬어 보고, 녹슨 철망과 지뢰밭이 만들어준 자연생태계의 아름다움을 느껴보려고 한다.

DMZ평화의 길을 걷는 것은 아직까지는 선택받은 사람만이 걸을 수 있는 길이라고 생각해 본다. 군인의 인솔하에 민간인통제선 너머 DMZ의 깊숙한 곳에 지뢰라는 표지판과 함께 걸어 보고, 물이 너무 맑아 바닥이 훤히 들여다 보이는 계곡물 따라 걸어 본다. 그러나 사람없는 산길을 넘고 들녘을 걸으며 펼쳐지는 전쟁의 흔적들이 남아있는 전적지를 걸을 때면 아직도 끝나지 않은 전쟁의 아픔이 느껴지고 두려움이 몰려온다. 쉽게 갈수 없는 곳이기에 더 가고 쉽고 통제된 지역이기에 먼발치에서 더 보고 싶은 길, DMZ평화의 길 따라 생태계의 보고인 최북단 이음길을 걸어보면서 생명의 소중함과 자연의 아름다움을 보고 분단의 현실과 통일의 소중함을 가슴에 담아 보고 싶다.

이 책은 고성 통일전망대 부터 신탄리역까지 DMZ따라 15개 코스로 나누고, 코스마다 DMZ의 생생한 사진과 함께 느꼈던 감정을 기록하였다. 그리고 언젠가는 함께 할 DMZ 친구들을 그리며 잃어버린 시간속으로 들어간다.

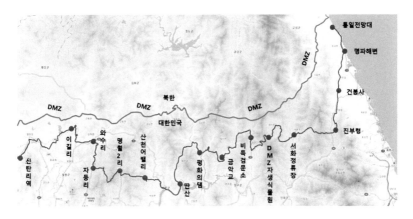

2

고성 통일전망대에서 금강산을 바라보며

2020년 8월 18일 화요일 1일차 7km – 고성통일전망대, 어로한계선,
명파해수욕장

오늘은 고성통일전망대에서 명파해변까지 종주 여행을 할 것이다.

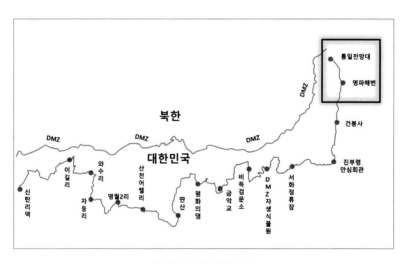

강원도 DMZ 종주 코스

출발지 : 통일전망대

DMZ박물관

제진검문소

도착지 : 명파해변

오늘 걸을 종주 코스

동해 바닷가 따라 걷기

DMZ평화의 길 원정 시작이다. 강원도 고성 통일전망대에서 신탄리역
까지 DMZ따라 최북단 길을 걷는 종주 코스로 15일 동안 340km를 걷
게 된다.

바닷가를 걷고, 노부부의 민박집에서 하룻밤 묵어도 보고, 건강을 찾
기 위해 깊은 산속에 펜션을 짓고 운영하는 중년 부부의 삶에 공감도 해
보면서 걸어 갈 것이다. 그리고 DMZ 장벽 안에 있는 군인의 모습을 보면
서 젊은 시절 나를 돌아 볼 수 있는 기회도 가질 것이다.

왜 종주를 하냐고 물어보면 그냥 길이 좋아서라고 답한다. 한 여름 더위에 종주를 하냐고 물어보면 지친 몸이 좋고, 흐르는 땀이 좋아서 라고 말한다. 꼭 이렇게 까지 걸어야 하냐고 물으면 해야 한다고 말한다. 종주는 긴 여정동안 파노라마처럼 이어지는 여행길 풍경을 그릴 수 있어서 좋다. 여행지 마다 그들만의 삶을 살아가는 모습을 들여다 볼 수 있어 좋다. 같은 풍경 같지만 그 속에 묻어있는 여행지의 다른 모습을 보는 것도 좋다. 바닷가 허름한 민박집, 깊은 산속 사찰, 인적드문 시골마을, 군부대와 공존하는 작은 도시 속 풍경이 다르고, 삶이 다른데 인정만은 같다.

사람도 이렇게 못 그리는 그림 같은 동해바닷가 따라 출발한다.

3색의 동해 바닷가

고성 통일 전망대

DMZ평화의 길 첫 출발과 함께 설렘과 두근거림이 앞서고, 그러나 누구도 걷지 않은 첫 걸음이 오늘부터 시작 되었다. 오늘은 출발지인 강원도 고성  통일전망대까지 차량으로 이동하고 명파해변까지 걸어간다. 동해 최북단 고성 통일전망대는 언제나처럼 푸른 하늘아래 우리의 염원을 담고 북한을 전망 할 수 있는 곳이다.

통일 전망대에서 바라본 금강산

통일전망대에서 바라보는 북녘 땅은 어디가 군사분계선인지 모를 정도로 우리와 같이 있다. 먼 발치 누가 알려주지 않아도 금강산이란 것을 바로 알 수 있다. 육지 따라 수많은 봉우리 들이 바다로 나와 있고 각 봉우리마다 저마다의 아름다움을 가지고 있다.

동해 바닷가 따라 걷기

한여름 36도까지 올라가
는 온도에 폭염주의보까지
내려진 가운데 시작된 종주
길, 첫걸음을 내딛자마자 땀
이 주르륵 흐르고 잠시 후
땀으로 온 몸이 뒤범벅이 된
다. 뜨거운 열기에 현기증마
저 느껴진다. 그래도 동해의 푸른 바다는 눈에 들어온다.

저도 도등

이곳이 우리에게는 생소
하게 들리는 저도어장에 있
는 저도도등으로 어로 북방
한계선을 알려주는 해상교
통시설이다. 저도어장은 북
방한계선과 1km 떨어진 곳
으로 우리나라 동해 최북단
에 위치한 어장이며 NLL과 근접하고 있어 월선 등의 해상 교통사고가
날 수 있는 지역으로 이를 표시해 주는 신호등 이다.

동해선 남북 출입국사무소

개성공단으로 가는 도라
산 출입국 사무소와 함께
동해에서 북으로 가는 길
목에 자리잡은 동해선 남
북 출입국사무소는 금강산
으로 가는 첫 걸음지이다.
금강산 관광이 한창일 때
는 이곳에 긴 줄이 이어졌을 텐데 지금은 인적 없는 한적한 건물만 기약
없는 관광인파를 기다리고 있다.

분단과 평화의 상징 민통선

지금까지 우리가 걸어온
길은 민통선 너머 걸을 수
없는 길을 걸어왔다. 통일
전망대에서 제진검문소를
통과하여 내려오는 길은
민간인 통제선 안에 있는
지역으로 사전 국방부의
허가를 받아야 들어 갈 수 있는 지역이다. 이제 민통선을 통과하여 삶의
현장으로 나가려고 한다.

15

명파해변 출렁다리

민간인이 갈수 있는 동해 최북단 제진 검문소를 지나 금강산로를 따라 내려오다 보면 곳곳에 금강산이란 단어가 많이 보인다. 문 닫은 식당,

건어물 가게, 마을회관 들이 금강산 관광이 한창일 때의 번성함을 엿볼 수 있다. 먼발치 7번 국도가 나오고 그 밑으로 명파해수욕장으로 가는 아치형 출렁다리가 명파해변을 알려준다.

하늘도 바다도 파란 명파해변

동해의 바다는 왜 이리도 푸른지, 동해의 하늘은 왜 저리도 푸른지, 어디가 하늘이고 어디가 바다인지 모를 정도이다. 저 수평선너머에는

무엇이 있을까 하는 생각은 어렸을 때나 지금이나 같은 생각을 하게 한다. 이곳이 최북단 해수욕장이며 아직도 철조망이 쳐져 있어서 출입통제를 받는 곳이다.

동해일출

여기가 최북단 명파해수욕장이다. 철조망 너머 해안가를 따라 피서객들이 물놀이를 하고 있고, 넘실대는 바다는 빨리 들어오라고 손짓한다. 조금만 기다려 짐놓고 올게, 하고 인근 숙소로 향했다. 숙소에 도착해서 땀에 젖은 옷가지를 세탁하고 샤워하니 피로가 몰려오면서 바로 앞에 있는 해수욕장가는 것도 귀찮다.

첫날의 설렘 때문인가 자는 둥 마는 둥 어설프게 자고 눈을 뜨니 아직도 깜깜하고, 개짓는 소리와 닭 울음이 새벽을 알리고 있다. 도시에서 볼 수 없는 수많은 별들이 보이고 아침이 다가오고 있다. 동해의 일출을

동해일출

보려고 해변으로 나가니 차박하는 사람들과 야영하는 사람들이 해안가 철책따라 자리를 잡고 있다. 동이 트려면 아직 이른 시간인데 벌써 일출을 보려고 자리 잡은 사람들이 군데군데 보이고, 나도 해안가 철책 인근에 자리를 잡았다.

바다 먼 곳에 고기잡이 어선의 등불이 주렁주렁 매달려 있는 배의 불빛이 흐려지면서 수평선 너머 붉은 불빛이 바닷물을 물들인다. 점점 더 밝아지면서 떠오르는 해가 쑤욱 수평선위로 쏟아 올라온다. 마치 해가 바다에 담가져 있다가 빠져 나온 것처럼 보이더니 점점 더 커진다.

올해 코로나로 많은 어려움이 있는데 그래도 동해에서 일출을 보니 잘 너머 갈 것 같다.

3

소나무 숲길 따라 건봉사 가는 길

8월 19일 수요일 2일차 21km – 건봉사, 고성 소나무 단지

오늘은 명파해변에서 건봉사까지 종주 여행을 할 것이다.

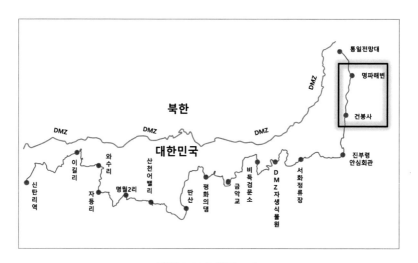

강원도 DMZ 종주 코스

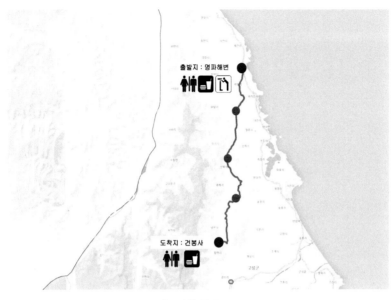

오늘 걸을 종주 코스

건봉사에서 템플스테이 하는 날

오늘은 템플스테이 하는 날이다.

1000년 고찰 건봉사의 하룻밤은 어떨까? 사찰 음식은 어떨까?

하는 기대감을 가지고 출발한다.

건봉사는 전국 4대 사찰중 하나로 신라시대 원각사로 창건되어 고려 말엽 건봉사로 개명되어 오늘에 이르고 있는 사찰이다. 임진왜란 때 사명대사가 의승병을 기병한 곳이기도 하며, 구한말 봉명학원을 설립하여 관동지방 교육의 도장이기도 하였다. 한국전쟁 중 휴전 직전까지 치열한 전투가 벌어진 건봉산 전투 전적지이기도 하다. 당시 전쟁으로 건봉사는

완전히 폐허가 되었으며, 건봉사 경내 출입문인 불이문만 유일하게 불타지 않고 남았다. 전쟁전 건봉사는 642칸과 보림암 등 124칸의 18개 부속암이 있었다고 하는데 1994년부터 대웅전 등 일부가 복원되고 있다.

복원중인 건봉사 대웅전의 새벽

명파해변에서 건봉사 가는 길

오늘은 명파해변에서 건봉사까지 21km 아스팔트 도로를 따라 걸어 간다. 아스팔트 도로로 시작되는 건봉사 코스는 평지와 오르막 내리 막으로 이어지는 길 따라 걷는 도로 코스이다. 오늘 도 폭염 주의보가 내려졌 는데 낮은 오르막은 벌써 부터 더운 열기를 뿜어내 고 있다.

동해로 흐르는 백두대간 시냇 물

백두대간에서 흘러오는 시냇물을 접하니 더위가 좀 식혀진다고나 할 까. 지난 수해에도 이곳은 아직 유량이 적당하게 흐르고 있다. 우리나라 서쪽과 동쪽의 기상차이 가 느껴진다. 아직까지 낮 은 언덕 들녘을 지나고 있 으며 군데군데 마을길을 이어 가고 있다.

사람도 차도 없는 끝없이 펼쳐진 도로

처음 10km구간은 시간당 20대 내외의 차량통행량으로 거의 차량이 없는 한산한 도로가 이어진다. 강원도의 산천을 눈에 담으며 걷는 길은 또 다른 즐거움을 가져다  준다. 인접한 마을에서 한 가로이 오가는 동네 어르신들, 가끔 오가는 차량들이 평화로움을 가져다준다. 이 길을 걷는 행복을 느껴본다.

얼음 동침이

폭염주의보가 내려지고 한낮 온도가 35도를 넘나든다. 도로에 발바닥이 달라붙고 차도 별로 없는 도로변에 나무그늘하나 찾기 힘들고 겨우찾은 작은 그늘에 몸만  살짝 휴식을 취해본다. 더위에 지친 몸을 이끌고 막국수 집으로 들어오니 얼음 동치미가 우리를 맞이하고 있다.

고성 소나무 군락

고성은 지난봄 커다란 산불이 나서 많은 피해를 입은 곳이다. 소나무가 많아 산불이 난면 진화가 어렵다고 한다. 주변이 온통 소나무 숲이

고, 보이는 소나무들이 보통은 아닌것 같다. 나무마다 개성을 띠고 있고 서울의 고궁에서나 볼 수 있는 소나무 들이 여기서는 흔하게 눈에 들어온다.

건봉사 가는 길

오전과는 비교가 되지않는 폭염 속에 물수건으로 얼굴을 감싸고 그냥 걸어간다. 저만치 고성팔경 중 하나인 건봉사 가는 표지판이 보이면

서 이어지는 길은 끝이 보이질 않는다. 남은 거리가 만만치 않지만, 쉴만한 나무 밑에서 잠시 쉬어 가다 보면 도착할 것이다.

여기서 부터는 민통선

　DMZ를 걸으면서 접하는 철조망과 검문소도 익숙하게 보는 풍경이 될 것이고 대포소리와 총소리는 자연의 소리로 들릴 것이다. 저 만치

철조망 길모퉁이에 검문소가 나타나면서 여기서부터는 민통선임을 알리는 글귀가 선명하게 보인다. 검문소 앞에 서기만 해도 긴장이 되는데 여기서는 검문을 받지 않고 통과했다.

송강 저수지

　아스팔트길을 한참 올라오니 드넓은 저수지가 눈앞에 나타난다. 고성군 거진읍 냉천리에 위치한 송강저수지가 지난 비로 가득 채워져 있다.

가뭄 극복과 안정적인 농업용수를 확보하기 위해서 만들어진 저수지이다. 멀리 탱크 저지선이 나오고 저기만 넘으면 건봉사에 도착한다. 마지막까지 파이팅 한다.

건봉사

오늘 종주의 종착지인 건봉사 입구에 도착하니, 절의 무게감에 아무 소리도 낼 수 없었다. 울창한 소나무와 잘 다듬어진 작은 계곡 조그만 다리를 건너면서 낮은 언덕따라 배치되어있는 사찰 제일 아래에 자리잡은 템플스테이 숙소에 도착하였다. 오늘은 건봉사에서 숙식을 해결할 것이다. 템플의 잠자리는 어떨지, 음식은 어떤 맛일지 기대되는 저녁시간이다. 이제 졸음이 살살 온다. 자는 시간 따지지 말고 자야지. 오늘도 뜨거운 하루가 마무리 되었다.

깊은 산속, 간밤에 개 짖는 소리가 요란하더니 멧돼지가 내려온 모양이다. 바위위에 얹어놓은 모자가 찢어지고 난장판이 되었다.

건봉사

건봉사 불이문

27

4

소똥령 너머 진부령 가는 길

8월 20일 목요일 3일차 22km – 소똥령, 알프스 스키장

오늘은 건봉사에서 진부령 안심회관까지 종주 여행을 할 것이다.

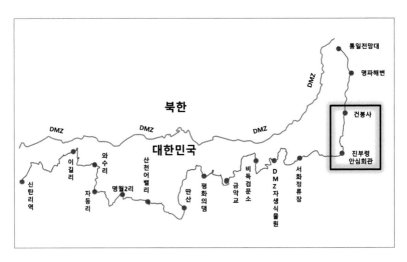

강원도 DMZ 종주 코스

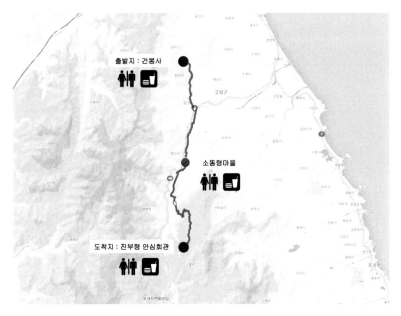

오늘 걸을 종주 코스

소똥령 마을 지나 진부령 가는 길

오늘은 건봉사에서 진부령까지 22km 종주여행을 한다. 산골 소똥령 마을에 들러 점심을 먹고, 산길 너머 진부령으로 가는 길이다.

소똥령으로 불리는 마을 고개 이름이 재미있다. 고개 정상에 주막이 있었는데 원통장으로 팔려가는 소들이 주막 앞에 똥을 많이 누어서 이름 붙여졌다고 하는 이야기와 사람들이 많이 다녀서 소똥모양처럼 되었다고 하는 설이 있다. 지금은 테마형 마을로 꾸며져서 작은 순환열차가 사슴농장역, 마을회관역을 돌고 있다. 또한 진부령에서 내려오는 계곡물이 지나는 장신유원지가 있어서 많은 사람들이 찾아오는 유원지이기도 하다.

소똥령 마을

어휴 냄새나네. 소똥령 마을이 어떤지 궁금하지
이제 사진따라 소똥령 마을로 종주 여행을 시작해 보자.
여기가 끝이 아니고 진부령까지 한참을 더 가야한다.

건봉사 삼거리

　우리나라 최북단에 위치한 사찰인 건봉사의 밤은 들짐승과 함께하는 잊을 수 없는 하루였다. 건봉사에서 새벽을 맞이하고 나서는 종주 길은 한결 발걸음이 가볍다. 건  봉사 불이문을 지나 삼거리에 도착하니 진부령으로 가는 표지판이 오늘 종주의 시작임을 알려주고 있다.

소똥령 가는 임도

　인적이 드문 임도로 접어드니 울창한 숲에 지난 수해에 파진 도로 사이로 통신케이블이 엉켜있는 것이 보인다. 이런 도로는 뱀들이 많이 있어서 사방을 잘 살피면서 걸어야 한다. 양손에 스틱이 걸음걸이를 잡아  주면서도 이곳에서는 안전 장비로도 잘 활용되고 있다.

소똥령 가는 길

소똥령 마을까지 가는 길 내내 DMZ 종주에서나 들을 수 있는 군부대의 대포소리가 걷는 걸음에 무게를 더해주고 있다. 한낮 뙤약볕을

피해 이른 종주 길에 올라 굽이굽이 산 넘고 마을길 따라 2시간을 걸었더니 피곤함이 몰려오고 모두들 말이 없어지면서 쉴 곳을 찾기 바쁘다.

진부령에서 내려오는 맑은 시냇물

먼발치 진부령이 보이고 저 앞산 어디에선가 발원한 물이 흐르고 있다. 물도 제법 많은 것이 자갈이 훤히 보일정도로 투명하게 바닥을 드

러내며 흐르고, 돌멩이 아래 다슬기가 꿈틀거리는 것처럼 보인다. 뛰어가서 발이라도 담그고 싶지만 오늘 종주 길이 만만치 않아서 발걸음을 재촉한다.

소똥령 마을

  소똥령 마을을 지나면 밥 먹을 곳이 없기에 이곳에서 이른 점심을 먹기로 했다. 코로나 상황이라 식당 들어가기 전에 마스크와 온도를 체크

하고 들어가는 것은 이곳도 마찬 가지다. 푸짐한 돼지고기 김치찌개로 점심을 먹으니 마을 주변 경관이 눈에 들어온다.

백두대간 트레일

  소똥령 마을에서 이른 점심을 먹고 소똥령을 너머 진부령으로 가는 종주 길에 오른다. 이정표 따라 백두대간트레일 쪽으로 방향을 틀면 소

똥령 숲길이 나온다. 높지는 않지만 산의 깊이가 있어 기상 변화가 심하게 일어난다. 숲길 따라 장신리 임도와 만나는 지점까지 가면 백두대간트레일과 마주친다.

칡소폭포

칡소폭포는 약 3m 높이의 폭포로 칡넝쿨로 그물을 짜서 바위에 걸쳐 놓으면 송어, 연어 등이 산란을 위하여 폭포를 오르다 칡넝쿨 그물에 걸려 고기를 잡았다고 하는 이야기가 전해져 오는 폭포로 물 양도 많고 시원한 물줄기가 계곡을 가득 채우며 내려온다.

소똥령 깔닥고개

소똥령 너머 진부령으로 가는 산길 깔닥고개는 급경사의 연속이다. 소똥령숲길 해발 430m 가파른 언덕을 몇 개 너머 숨이 턱까지 차오고, 산길을 오르다 고개를 돌리니 먼발치 구름이 밀려와 산을 에워싸고 있다. 모처럼 느끼는 산행이 겹친 트래킹으로 힘들지만 마음은 상쾌하다.

소똥 봉우리

해발고도가 높지 않은데 구름이 있어서 그런지 숲속에 습한 기운이 느껴진다. 진짜 소똥무덤인지 몰라도 팻말에 소똥무덤이라고 쓰여있는

팻말이 있고 소똥령 샘터도 나타나며 쇠똥구리 쉼터, 멧돼지 물먹는 곳도 보인다. 백두대간 깊은 산속에 두꺼비 한 마리가 인기척에 놀라 나무숲으로 달아난다.

장신리가는 임도

소똥령 너머 장신리 임도길에 접어드니, 부드러운 흙길이 우리 발걸음을 가볍게 해준다. 발아래 산도 보이고, 눈앞에 구름도 보이고, 거센 비바람 맞으며 멋진 자태를 뽐내는 소나무도 보인다. 그것도 잠시 비가 내리기 시작한다. 온몸에 부딪히는 빗방울이 걸음을 시원하게 한다.

흘리가는 임도

구름을 머금고 있는 임도길 따라 인적이 드문 산골 마을을 지나가고 있다. 흘리가는 길은 산속인지 구름속인지 구분이 잘 가지 않는 길로 이

어지고 다시 시작되는 언덕을 오르니 흘2리 마을 회관인 안심회관에 도착했다. 고성군청에서 지원한 숙소로 오늘은 여기서 하룻밤 묵을 예정이다.

흘리 마을회관

요즘 마을 회관은 시설이 참 훌륭하다. 주방과 사무실 커다란 거실 겸 식당으로 사용하는 다용도실과 간단한 의료시설 및 사무실을 갖추고 있고 비상식량도 준비되

어 있다. 땀과 비에 젖은 옷가지를 모아 세탁을 하고 배낭과 등산화를 뒤집어 말리니 오늘 하루 일과가 마무리 된다.

매바위 인공폭포

　저녁을 먹으러 용대리로 나오니 먹거리보다 용대전망대와 매바위가 눈에 들어온다. 용대 전망대는 매바위를 비롯하여 주변 경관을 볼 수 있는 관광명소로 굽이굽이 올라가는 맛도 좋으리라 본다. 매바위 인공폭포는 여름 보다는 겨울 빙벽타기의 명소로 잘 알려진 곳이다. 이곳 겨울은 춥고 눈이 많이 내려 명태를 말리는 황태덕장이 많고, 매바위 겨울 빙벽 등반을 하러 많은 사람들이 오기도 하는 곳이다. 황태구이를 먹으러 인근 식당으로 들어가니 황태구이와 함께 곁들여 나오는 황태국 맛이 일품이다. 추운 겨울에 등반하고 먹으면 이보다 더 좋을 수 없을 것 같다.

용대 전망대

매바위 인공폭포

5
향로봉 오르는 DMZ트레일 진부령에서 적계로 구간

8월 21일 금요일 4일차 23km – 진부령, 향로봉, 적계로

오늘은 진부령 안심회관에서 서화정류장까지 종주 여행을 할 것이다.

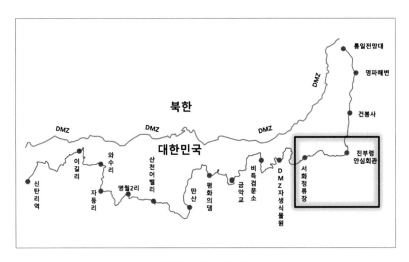

강원도 DMZ 종주 코스

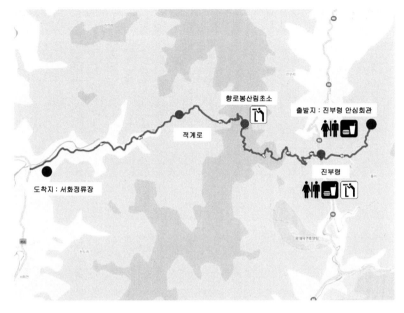

향로봉산림초소

출발지 : 진부령 안심회관

적계로

진부령

도착지 : 서화정류장

오늘 걸을 종주 코스

향로봉 넘어 가는 길

오늘 종주는 진부령에서 출발하여 향로봉을 넘는 험준한 종주 길이
될 것이다. 진부령은 해발고도 529m로 태백산맥을 넘는 강원도 고개
들 중 가장 낮다. 또한 민간인이 자유롭게 통행할 수 있고 자동차 도로
로 된 고개들 중 가장 북쪽에 있다. 미시령 터널이 생기기 전에는 폭우
또는 폭설로 한계령과 미시령이 통제될 때 가장 마지막까지 차가 다닐
수 있는 고갯길 이었다. 이곳에서 향로봉대대와 산림청이 관리하는 칠섭
로따라 향로봉까지 비포장도로로 되어 있는 군보급로 길로 올라 간다.

민간인 통제선 북쪽에 있는 향로봉은 해발 1296m로 산세가 매우 험한 향로봉 산맥의 한 줄기 이다. 정상에는 주목나무와 신갈나무가 군락을 이루고 있는데 지금은 통제되어 올라 갈 수 없으며, 우리나라의 대표적인 다설지로 1월에서 4월까지 눈이 많이 내리는 곳이기도 하다.

이곳에서 한여름 향로봉의 추위를 느껴본다.

향로봉 민간인이 갈수 있는 제일 높은 곳

한여름에도 난로가 있어야 하는 향로봉을 넘어 간다.

인적없는 알프스 스키장 리조트

밤새 내리는 비는 그칠 줄 모르고 아직도 보슬보슬 내리고 있다. 하루 종일 비가 내릴 것 같아 단단히 준비하고 종주 길에 올랐다. 스패트, 배낭

커버 등을 챙기고 우의는 입지 않고 떠났다. 먼발치 지금은 폐허가된 옛 알프스스키장 리조트와 스키를 대여한다는 낡은 간판이 눈에 들어온다.

흘리

뿌연 안개비를 맞으며 예전 알프스스키장 가는 길을 따라 진부령 정상으로 향한다. 군데군데 인적없는 숙박시설 너머 진부령 고원분지가 보인다. 고랭지 친환경 농작물을 짓고 있는 흘리 마을의 홍보길을 따라 안

개비 내리는 비탈길을 내려간다. 백두대간종주 기념공원이 보이고 진부령 고갯길에 커다란 미술관이 보인다.

백두대간 진부령

진부령 정상이다. 해발 529m 진부령은 관동지방과 영서지방을 연결하는 산줄기의 낮은 부분으로 고성군 간성읍과 인제군 북면을 직접 연결해주는 고갯길이다. 지금은 진부령을 관통하는 터널이 뚫려 진부령 고갯길을 잘 이용하지 않지만 예전에는 모두 이 고갯길을 이용하여 넘나들었다. 진부령은 최북단 국도 46호선이 지나는 곳, 백두대간 최북단 시

작점이며 민간인이 갈 수 있는 최북단 길의 종점이기도 하다. 그리고 백두산으로 가는 1400km 백두대간의 또 다른 시작점이기도 하다.

진부령 미술관

고성군에서 운영하는 진부령 미술관은 우리나라에서 가장 북쪽에 위치한 미술관으로 4개의 전시실을 갖추고 있다고 한다. 지금은 코로나로 임시 휴장중 이다.

향로봉 오르는 칠섭로

향로봉을 오르려면 을지부대소속 향로봉대대와 산림청의 승인을 받아야 오를 수 있다. 우리는 사전 군과 산림청의 승인을 받았기에 관할군 초소를 통과하여 산림초소에 도착할 수 있었다. 산림청 직원이 우리를 반가이 맞이해주면서 따뜻한 커피를 한잔씩 주었다. 초소 안에 난로까지 있는걸 보니 한 여름인데도 밤에는 추운가보다. 어제의 무더위를 잊고 초소에 잠시 있는데 커피의 따스함이 느껴졌다. 요즘 많은 비로

수해복구 중인 비포장도로를 따라 가파른 오르막이 향로봉 정상까지 계속되는 종주 길은 군보급로로 사용되고 있으며 칠섭로라고 불리고 있다.

DMZ트레일

칠섭로를 따라 향로봉 가는 길은 진부령~서화구간 DMZ 트레일 코스이기도 하다.

향로봉 오르는 군 작전도로

시작부터 숨이 턱 끝까지 차오른다. 산행 길에 계속 내리는 비와 구름은 태고의 신비함을 보여주고 있다. 빗방울이 제법 굵어지고 있다. 우의를 입고 비포장 길을 내딛는 발걸음 따라 땀인지 비인지 모를 물방울들

이 모자를 타고 내려온다. 정상으로 올라 갈수록 시원함이 느껴지는 것은 깊은 산속이라 그런가 보다 했다.

해발 1050m 향로봉 산림청 초소

해발1050m, 안개비가 내리면서 구름이 몰려다닌다. 한여름인데도 몸에 한기가 느껴지면서 손이 저려온다. 산림초소에 들어가 바람막이를

찾아 입고 전투식량에 딸린 음식 데우는 핫팩을 만지면서 몸을 녹여 보지만 여전히 한기가 느껴지고 입이 굳어진다. 몸을 녹여가며 준비해온 전투식량으로 점심을 먹고 빠른 하산 길을 택한다.

향로봉에서 하산 길

이곳에서 오른쪽은 향로봉 정상으로 가는 길이며 우리가 갈수 있는 길은 여기까지이다. 왼쪽 적계로를 따라 서화검문소 방향으로 내려오는 길을 택했다. 잠시 내려 왔는데 몸에 한기가 사라지면서 따스함이 온 몸을 감싸 돈다.

한여름에 해발 1,000고지의 추위를 몸으로 느껴 보고 여벌의 옷을 가져오지 않은것에 대한 후회를 뒤로한 채 하산길을 채촉 해 본다.

적계로 계곡

내리막길은 육체적으로 힘이 덜 들지만 무릎에 많은 무리가 간다. 긴 거리를 올라 왔으니 긴 거리를 내려가야 할 것이다. 가도 가도 오로막이  힘들지만 가도 가도 내리막이 쉽지는 않다. 그나마 흙길이기에 다행이고, 적계로의 산속 풍경이 아름다워 지루함을 느낄 수 없기에 좋다.

적계로 따라 서화리에서 종주를 마무리 하며

적계로를 따라 오늘의 목적지 인제 서화면에 도착하니 오늘도 23km 를 걸었다. 원래 서화면에 있는 피스빌리지에서 숙박을 할 예정이었는데 코로나로 폐쇄되어, 급히 대암산 용늪으로 잘 알려져 있는 용늪자연생 태학교로 숙소를 잡았다. 오늘 저녁은 강원도 산나물이 곁들어진 돌솥 밥인데 한여름 추위로 고생했던 오늘 같은 날 최고의 음식이다. 오늘도 아침부터 중간 중간 톡으로 응원해주는 친구들이 있어 여행의 즐거움 을 더해주었다. 그리고 한여름 추운 종주산행을 했다고 자랑도 해보았 다. 이제 걷는 것도 익숙해져 가지만 한 순간도 방심해서는 안 된다. 무 더위보다 더 무서운 물집이 항상 내발을 노리고 있기 때문이다. 발에 조 금이라도 이상이 생기면 바로 응급 조치를 한다. 그래도 물집이 생기는 것은 어쩔수 없나보다.

[적계로]

[서화리 버스 정류장]

6

강원도 인제에서 양구 펀치볼 가는 길

8월 22일 토요일 5일차 25km - 펀치볼, DMZ자생식물원,
펀치볼 둘레길 소개

오늘은 서화정류장에서 DMZ자생식물원까지 종주 여행을 할 것이다.

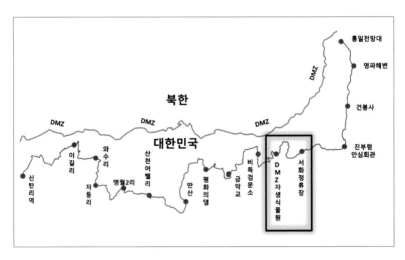

강원도 DMZ 종주 코스

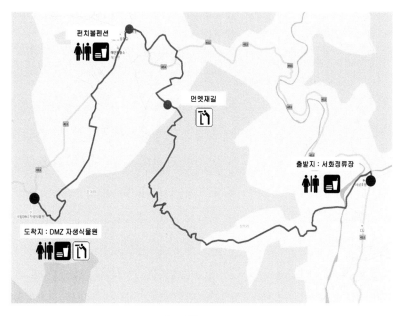

오늘 걸을 종주 코스

펀치볼 가는 길

5일차 종주가 시작되었다. 서화정류장에서 DMZ자생식물원까지 25km 를 걸어갈 것이다. 이 길은 보부상들이 인제에서 양구 펀치볼까지 넘나들 던 길의 일부로 DMZ평화의 길로 새로게 만들어 지고 있다.

펀치볼은 강원도 양구군 해안면에 위치하고 있는 구릉지로 가칠봉 능 선에 자리잡은 을지전망대(해발1,049m), 가칠봉(해발1,242m), 대우산(해발1,179m), 도솔산(해발1,148m), 대암산(해발1,304m) 능선으로 둘러 싸여 있다. 해안분지인 펀치볼은 해발고도에 따라 각기 다른 농작물을 경작한다. 해발 400m지점에서는 비옥한 토질을 바탕으로 논농사를 하고, 해발 500m지대에서는 고랭지 농사와 사과 같은 과수 작물을 재배한다. 해안면 펀치볼 둘레길은 평화의숲길, 오유밭길, 만대벌판길, 먼멧재길 4개의 코스 73.2km 로 각기 새로운 여행길을 보여준다. 평화의숲길은 군사분계선의 상징인 벙커, 교통호, 월북방지판, 철책 등을 접할 수 있는 14km 코스로 자작나무가 무성한 숲길을 여행할 수 있다. 오유밭길은 천연기념물 보호구역이자 산림유전자원보호림내의 다양한 식생과 천연기념물 217호인 산양의 흔적을 탐방할 수 있는 곳이다. 해안분지의 자연경관을 볼 수 있는 21.1km 코스의 둘레길 이다. 만대벌판길은 대암산 자락의 능선과 계곡을 오르내려가면서 소나무조림지 아래로 펼쳐진 만대평야의 탁트인 경관을 감상할 수 있는 21.9km의 코스로 되어 있다. 먼멧재길은 후리 자작나무 숲을 지나 대암산 능선을 따라 걸으면서 북녘산하와 설악산, 향로봉 등 산봉우리가 그림처럼 펼쳐져 있는 16.2km 코스의 산자락 길을 걷는다.

구름도 쉬어가는 펀치볼 능선

수해입은 서화리 인북천

　서화리 인북천 뚝방길 따라 걷는 길은 이번 비로 많은 피해를 본 것 같다. 여기저기 뚝방이 무너져 있고, 아직도 물의 양이 만만치 않게 흐르고 있다. 하늘내린 인제 접경권 평화누리길과 인제천리길로 알려진 이

길은 인제군의 우수한 생태지역으로 걷거나 자전거로 여행을 할 수 있는 길로 알려져 있다.

서화리 들녘

　서화리 하천길 건너 펀치볼로 올라가는 임도에 접어들었다. 내심적골 유원지 방향이라고 적혀있는 표지판 따라 오르다 보면 용늪생태탐방로가 나온다. 오르막 중간 중간에 커다란 밭이 펼쳐지고, 수십명의 외국인 근로자들이 농작물을 재배 하고 있는 모습이 인상적이다.

양구 백두대간 트레일

오르고 또 오르고, 정상에 양구 가는 길 표지판과 인제 백두대간 트레일 시범구간 안내 표지판이 나온다. DMZ에서만 볼 수 있는 지뢰 식별

법과 지뢰 발견시 주의사항이 적혀있는 안내 표지판이 나온다. 그리고 산등성이에 탱크저지 방호벽을 통과하여 강원도 양구군 해안면 펀치볼 구릉지로 들어간다.

먼멧재길

방호벽을 나오니 넓은 펀치볼 들판이 한눈에 들어온다. 광활한 들녘에 예전에는 시래기용 무가 재배되었다고 한다. 지금은 곰취, 수박, 멜론, 인삼 같은 다양한 밭작물들이 재배 되고 있다. 들녘 사이로 이어지는 길은 끝이 어딘지 보이지 않고 푸르름만인 들녘을 가득 채우고 있다.

양구 통일관

　만대벌판길 따라 해안분지에 있는 양구통일관으로 갔다. 양구통일관은 양구군 해안면 펀치볼 분지에 있는 전시장으로, 제4땅굴과 최북단에 위치한 을지전망대, 한국전쟁 당시 격전지였던 9개의 양구지역 전투를 재조명하기 위해 건립되었다고 한다. 또한 을지전망대와 제4땅굴, 전쟁기념관의 출입에 관한 업무도 처리하고 있다.

양구 시레기

　시레기는 이 지역 특산물로 펀치볼에 왔으면 시레기를 한번 먹어봐야 할 정도로 시레기가 널리 알려진 곳이다. 시레기 전문 식당에서 시레기 불고기와 시레기 황태로 점심을 먹어 본다. 그리고 잠시 인근 양구통일관 안내센터 정자에서 휴식을 취하니 온몸이 몽해지면서 짧은 잠에 취해도 본다.

펀치볼 자작나무

평화의숲길로 접어드니 사방이 자작나무로 빼곡하다. 숲길로 시작되는 오후 종주는 해안면일대 오유밭길, 만대벌판길, 먼멧재길의 일부를 걸으면서 해안면 일대를 둘러보고 DMZ자생식물원까지 걸어간다. 펀치

볼 둘레길 중 하나인 평화의숲길에 들어서니 자작나무 군락지가 종주길을 안내하고 있다.

해안분지를 둘러싸고 있는 봉우리

펀치볼을 가로지르는 지방도453번을 따라 양구 통일관, 해안면복지회관, 해안 초등학교, 해안면사무소, 해안중학교와 농협 같은 주민들 편의시설들이 자리를 잡고 있다. 너른 펀치볼 들녘을 벗 삼아 걸으면서, 해안분지를 둘러싸고 있는 높은 봉우리들을 휘감아 도는 구름의 아름다운 변화를 감상해 본다.

만대리 벌판

해발 400m 해안분지 따라 논농사를 짓고 고도가 높아지면서 고랭지 채소류 등 밭농사를 대단위로 경작하고 있는 모습을 볼 수 있다. 마치 커다란 접시에 바닥에는 쌀밥, 중간에는 시레기와 야채들이 올려져 있는 것 같이, 한눈에 펀치볼의 모든 것을 보여 주고 있다.

해안분지의 샘물 만대 저수지

드넓은 만대벌판 끝자락을 올라가면 해안분지의 샘물 만대 저수지가 나온다. 저수지에서 해안분지의 이곳저곳을 바라본다. 백두대간의 시작점이고 펀치볼 평화누리길이 지나고 있으며 먼멧재길, 만대벌판길, 오유밭길, 평화의숲길 등 4개의 아름다운 해안면 둘레길이 발아래 보인다.

양구 펀치볼에서 하룻 밤

DMZ자생식물원에서 오늘 걷는 일정을 마무리 하고 펀치볼에서 하루 묵을 예정이다. 이곳 펀치볼은 해발 400m부터 1,100m의 높은 산들로 에워싸여 있는 분지로 형성된 지역으로, 6.25 전쟁시 종군기자가 가칠봉에서 내려다본 해안분지의 형상이 화채그릇처럼 생겼다고 해서 붙여진 이름이라고 한다. 한국 전쟁때 워낙 커다란 전쟁을 치렀던 곳이고 곳곳에 지뢰가 매설되어 있는 오지라서 개발 초기에는 사람들이 들어와 살지 않아 정부에서 무상으로 땅을 나눠 주면서 입주를 시킨 곳이라고 한다.

예전에는 시레기용 무를 많이 재배 했는데 지금은 인삼, 파, 쑥갓, 사과까지 다양하게 재배되고 있다. 저녁에 마트에 갔더니 외국인 근로자들이 많이 보인다. 인근에 이들 전용 마트도 있는 것을 보니, 많은 사람들이 살고 있는것 같다. 하긴 요즘에 젊은이들이 이런 일들을 할 수 없을 것 같다. 예전의 농사짓는 방식으로 접근하면 안 된다. 영농기계화와 외국인이 같이 접목된 대규모 영농법인이 아니면 할 수 없는 농사인거 같다. 종주의 즐거움을 만끽하는 펀치볼 종주 길은 양구통일관 근처에 있는 펀치볼 펜션에서 하룻밤 묵는 것으로 마무리를 한다. 노부부가 운영하는 펜션인데 오밀조밀 손길 닿는 곳마다 정갈하게 꾸며놓은 조그만 숙소에서의 하룻밤은 여행의 피곤함을 달래주기에 충분하다.

DMZ자생식물원

7

돌산령 옛길 따라 걷기

8월 23일 일요일 6일차 25km – 돌산령, 피의능선전적지

오늘은 DMZ자생식물원에서 비득검문소까지 종주 여행을 할 것이다.

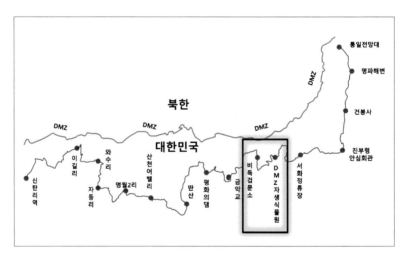

강원도 DMZ 종주 코스

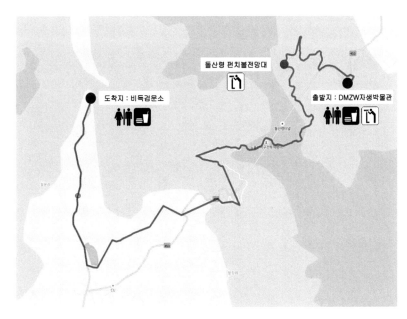

오늘 걸을 종주 코스

돌산령 넘는 길

　오늘은 DMZ자생식물원에서 돌산령을 너머 비득검문소까지 25km를 걷는다.

　평화롭기만 한 돌산령 고갯길은 아직도 전쟁의 아픔을 간직하고 있고, 고개 너머 또 다른 전쟁의 상처로 남아있는 피의능선 전적비가 나온다. 아픈 역사를 간직하고 있는 DMZ는 오늘도 말없이 그 자리에 그대로 있다.

돌산령 평화로운 산길에 이런 지역이 있네

　발아래 구름이 내려와 있고, 산신령이 되어 구름타고 돌산령을 넘어
보자.

도솔산 돌산령 터널

새벽녘 펀치볼은 구름위에 떠있는 비행접시처럼 먼 봉우리들이 구름에 휘감겨 있고 사방에. 내려앉은 작은 구름과 함께 마을 전체가 구름위

에 떠 있는 듯 포근함을 느끼게 한다. 돌산령 터널 옆으로 옛길 따라 올라간다. 한적한 도로에 군 차량들만이 가끔 지나가는 작전도로처럼 보인다.

구름속 운해전망대

지난밤 내린 비와 함께 구름이 햇살 사이로 조금씩 사라져 가면서 돌산령 산자락들이 조금씩 모습을 드러내기 시작한다. 펀치볼 밑에서 보았

던 구름속에 가물거리는 능선을 오르고 있는 것이다. 해발 670m 구름을 뚫고 올라오니 하늘은 푸르름으로 물들어 있고 지나온 발아래는 구름으로 휘감겨 있다.

대암샘 약수터

끝없이 이어지는 오르막은 또 다른 구름위로 올라오게 하고, 해발 760m 구름 속 아무것도 보이지 않는 사방이 적막한 곳에서 잠시 휴식을 취해 본다. 해발 850m 향로봉에서 느꼈던 찬 공기가 팔을 감싸고 돌

면서 한기가 느껴진다. 해발 900m 대암샘 약수터에서 맑은 물을 한 모금 마셔본다.

펀치볼 명품 운해 전망대에서 바라본 해안분지

'펀치볼 명품운해 전망대'에 올라서니 펀치볼 해안분지 전체를 휘감고 있는 운해가 말 그래도 명품이다. 산이 높아 작은 나무들만이 주변을 에워싸고 있는 그 아래

펼쳐지는 구름은 여기서만 볼 수 있는 한 폭의 그림 같은 풍경이다. 이 구름을 보기 위해서 명품운해 전망대에 오르는 것인가 보다.

돌산령 정상

돌산령로를 따라 터널을 우회하여 오르는 길, 돌산령 정상에는 군부대와 함께 돌산령 포병 사격 훈련장 안내 표지판이 나타난다. 해발 1,000m가 넘는 도솔산 능선의 한여름 날씨는 초가을 날씨처럼 찬바람을 머금고 있어 몸에서 한기가 느껴진다. 지난번 향로봉에서 느꼈던 한기에 놀란 기억이 머리를 스쳐지나간다.

대암산 용늪 가는 길

돌산령 너머 하산길에 대암산 용늪가는길 입구가 보인다. 용늪은 대암산 정상부 해발 1,280m 고지대에 위치한 산지습지로 우포늪과 함께 람사르협약 습지로 지정 받은 곳이다. 자연생태환경을 보전하기 위해 한정

된 인원만 들어갈 수 있다고 한다. 지금은 아프리카돼지열병으로 입산통제가 되고 있어 들어가지는 못한다.

돌산령 너머

돌산령을 너머 양구군 동면 팔랑리로 접어들었다. 올라온 만큼 내려가야 하는 것은 다 알지만 내리막길이 주변 경치와 어우러져 지루하지 않게

내려간다. 워낙 사람이 없는 곳이기에 여행하는 우리가 이상한지 군부대 차량이 우리에게 다가와서 말을 건다.

당귀와 곰취 재배농가

오늘 점심은 도시락을 먹기로 했는데 먹을 장소가 마땅치 않다. 내리막길 돌산령산채골이라는 간판을 보고 무작정 들어가니 부부가 우리를

반갑게 맞아준다. 잠시 평상에서 밥을 먹고 갈 수 있냐고 했더니 흔쾌히 허락해 주면서 당신들이 재배하고 있는 당귀, 곰치를 따와서 먹으라고 한다.

피의능선 전적지

평화누리길과 겹쳐지는 산길너머, 월운저수지를 지나고 피의능선 전투 전적비에 도착하니 오늘도 아이스크림이 준비되어 있다. 잠시 휴식을 취하며 피의능선 전적비에 올라 글귀를 읽어본다. 1951년 8월18일부터 9월 3일까지 약 20일 동안 수리봉일대를 확보하기 위해 벌어진 전투로 수많은 국군 장병의 희생이 있었다고 한다.

비득검문소 가는길

여행길이 왜 이리도 푹신한가. 양탄자를 걸어가는 듯한 푹신함이 느껴지는 잘 다듬어진 비포장도로를 한참 올라간다. 소나기가 오려나 빗방울

이 모자를 때린다. 이길 따라 올라가면 두타연으로 들어가는 비득안내소가 나오고, 오늘 여행의 종착지에 도착하게 된다.

지게마을 농촌체험캠프에서 하룻 밤

　지게마을 농촌체험캠프에 숙소를 정하고 잠시 휴식을 취해본다. 농촌학교를 리모델링하여 만든 체험캠프로 1층은 식당과 숙소로 사용할 수 있는 넓은 강당이 있고 2층은 몇 개의 객실로 만들어 졌다. 본 건물 옆에 몇 개의 펜션이 있어 독립적으로 숙박을 할 수 있는 공간도 있다. 운동장에서 어린이들의 함성이 들리는 것 같고, 운동장 옆 수돗가에는 땀을 씻는 어린이들도 있는 것 같다. 어린 시절에는 운동장이 엄청 커 보였는데 세월의 무게를 느껴본다.

지게마을 농촌체험학교

팔랑리 지게마을에서 저녁 만찬

8

민간인 출입통제구역 안에 있는 두타연

8월 24일 월요일 7일차 26km – 비득검문소, 두타연, 두타연 갤러리,
소지섭 길

오늘은 비득검문소에서 금악교까지 종주 여행을 할 것이다.

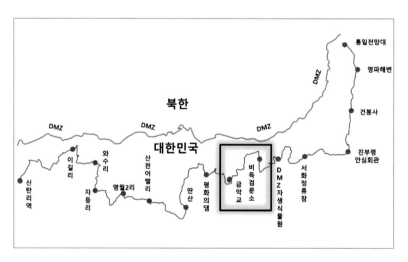

강원도 DMZ 종주 코스

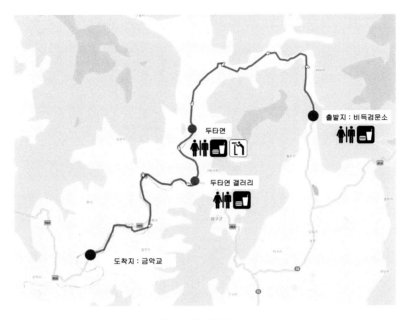

오늘 걸을 종주 코스

두타연 가는 길

오늘은 비득검문소에서 양구 두타연갤러리를 거쳐 금악교까지 26km
를 걷는다. 맑은 물과 수려한 경관을 자랑하는 두타연은 내금강에서 발
원한 수입천의 지류인 사태천 깊은 골짜기로 민간인 출입통제구역인 양
구군 방산면 건솔리에 위치하고 있다. 지명은 1천년전 두타사란 절에서
유래 되었다고 한다. 유량이 풍부하고 오염되지 않아 열목어의 국내 최대
서식지로 알려져 있으며, 높이 10m의 계곡물이 떨어지는 폭포아래 형성
된 두타소는 수심이 최대 12m이며 높이 20m의 바위가 병풍을 두른 듯

에워싸고, 동쪽 암벽에는 3평 정도의 굴이 있는데 바닥에는 머리빗이 반석 위에 찍혀 있다.

　민간인 통제선 북쪽에 있기 때문에 오랜 시간 사람의 손길이 닿지 않아 아름다운 자연경관이 잘 보전되어 있으며, 2004년 자연생태관광코스로 18km의 일부 구간이 개방되었다.

두타연

　신선이 살고 있는 두타연따라 종주 여행을 시작해 보자.

비득검문소

　지게마을 농촌체험학교에서 지게를 메고 두타연으로 소풍가는 기분으로 출발한다. 두타연은 지금 아프리카돼지열병으로 출입금지 되어있어 일반인의 통행이 불가능한 상태 인데, 사전에 출입허가를 받아 들어갈 수 있게 되었다. 출입을 위해서 비득검문소에서 군의 출입허가를 받아

야 한다. 또 개인소독과 온도체크를 받고 신분증을 확인하고, 까다로운 출입절차를 거쳐 두타연으로 들어갔다.

두타연 숲

　바로 앞, 산 너머 북한과 접하고 있는 봉우리가 보이는 이곳은 6.25때접전지였다고 한다. 들어

가는 입구부터 절경이다. 흙길로 된 푹신한 도로 따라 걷다가 먼 산을 바라보면 구름을 머금고 있는 산은 하나의 또 다른 절경을 만들어내고 있었다.

금강산 가는 길목

군데군데 산에서 내려오는 물은 또 하나의 샘물이 되어 계곡물을 채우고 계곡물은 바위를 때리며 아래로 내려가는 물 굽이굽이에 저절로 탄성이 나온다. 금강산 까지  30km 표지판이 눈에 들어오는걸 보니 고성 통일 전망대에서 바라본 금강산이 생각난다.

금강산에서 흘러온 두타연 계곡물

계곡을 보면서 물따라 내려오다 보니 두타연이다. 지난 장마에 계곡이 많이 손상된 것 같다. 군데군데 쓰러진 나무와 떠내려온 부유물들이 쌓여 있다. DMZ의 생태를 잘 보존하고 있는 곳인데 안타까운 마음이 든다. 함부로 복구 할 수도 없고 이대로 천천히 복원해야 할 것이다.

두타연

　잠시 휴식을 취하며 두타연의 아름다움에 빠져들어 본다. 맑은 계곡물이 만들어낸 폭포와 폭로아래의 물웅덩이, 돌개구멍, 예전에 물이 흐르던 흔적 등 다양한 지형을 만  들어 놓았다. 민간인 통제선 안에 있던 지역으로 자연생태환경이 잘 보존되어 있고 희귀어종들이 서식하고 있기도 하다.

두타연 출렁다리

　두타소의 돌개구멍을 빠져나온 물은 계곡을 가로 지르는 출렁다리 밑을 통과하면서 맑은 속살을 드러낸다. 바닥에 있는 돌이 선명하게 보이고  바위에 걸려 돌아나가는 물줄기가 계곡을 가득 채워 흐르고 있다. 이 맑은 물이 우리 여행길을 따라 같이 걸어갈 것이다.

두타연 갤러리

두타연에서 흘러온 계곡물 따라 내려오다 보면 이목검문소에 도착한다. 검문소를 통과해서 소지섭 길 따라 내려가면 두타연갤러리에 도착한다. 강원도 DMZ일대를 배경으로 출간된 소지섭의 포토에세이집 "소지섭의 길"이 출간되면서 설립되

었다고 한다. 소지섭 관련 사진과 여러가지 전시물이 있는데 지금은 코로나로 들어갈수 없고 입구 빈 벤치에 앉아 아쉬움을 달래 본다.

두타연 계곡물 따라 금악교 가는 길

두타연의 계곡물 따라 걷다 보니 점심먹을 시간이다. 한적한 시골 식당을 들어가니 밥 짓는 냄새와 밑반찬 만드는 식당주인의 손길이 바쁘

다. 음식에 정성을 담고 있는 모습이 오늘 점심 식탁을 자극한다. 오후되니 한여름 햇살이 더 뜨겁다. 그래도 길 옆으로 흐르는 두타연 계곡물이 있어 시원하다.

직연폭포

　직연폭포는 금강산에서 발원한 물줄기가 두타연을 거쳐 내려오다 잠시 쉬어가는 자리에 위치한 폭포로, 폭포수가 바로 떨어져서 붙여진 이름이다. 폭포 주변에는 20m의 암벽이 병풍을 둥글게 세워 놓은 듯한 경관을 이루고 있다. 폭포가 떨어지는 직연수는 깊이가 20m 이상 되며, 폭

포가 만들어낸 자연의 조각품과 열목어와 같은 희귀어종이 살고 있다.

양구 들녘 길

　한여름 더위를 느낄 틈도 없이 천혜의 자연생태를 몸으로 느끼면서 걸어가는 여행길은 인생의 새로운 도전이 되고 있다. 뜨거운 태양도 이제

는 익숙해 졌고, 구름도 익숙해 졌고, 비도 익숙해 졌다. 어떠한 환경에서도 적응할 수 있도록 몸이 만들어 지고있다. 7일째 되니 자신감은 생기는데, 몸에 피로도는 계속 쌓인다.

웰컴투 오마골 펜션

두타연부터 우리와 함께 걸어온 물이 숙소 앞 계곡으로 흐르고 있다. 계곡에는 다슬기, 쏘가리, 빠가사리 같은 민물고기들이 많이 서식하고, 여름 내내 물량이 많아 피서객들이 많이 찾는 곳 이라고 한다. 개울가에 물놀이 안전장비가 있고 그늘막도 쳐저 있는 것을 보니 그냥 물속으로 뛰어 들어간다. 행복한 물놀이도 해본다.

숙소에서 내려다보는 계곡위로, 우리가 걸어온 평화의 길이 보인다. 오늘 저녁은 펜션에서 마련해준 자연산 집밥이다. 계곡에서 잡은 고기를 재료로 만든 민물 매운탕, 올갱이 된장국에 감자전과 손수 재배한 채소로 만들어진 밑반찬이 곁들여진 산속에서의 만찬이다. 산속이라서 그런지 더위를 느낄 수가 없고, 모기 보다는 뱀이 많으니 방문을 열어놓고 다니지 말라는 주인의 말이 떨어지기가 무섭게, 등이 오싹 해지면서 다시 숙소로 돌아와 뱀이 있나 구석구석 방안을 살펴보는 한여름의 공포도 느껴 본다.

물놀이

물놀이 하던 계곡

9

평화의 댐

8월 25일 화요일 8일차 21km – 평화의 댐, DMZ아카데미

오늘은 금악교에서 평화의 댐까지 종주 여행을 할 것이다.

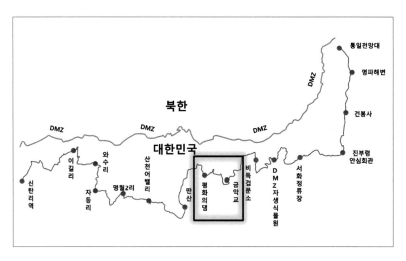

강원도 DMZ 종주 코스

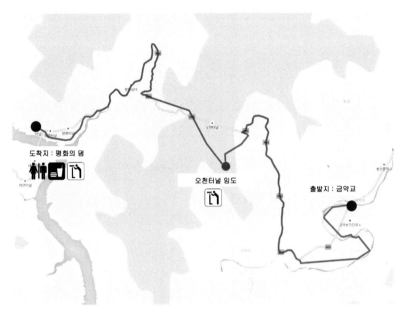

오늘 걸을 종주 코스

평화의 댐

웰컴투오마골 펜션에서 2박을 한다. 그래서 빨래며 일부 짐을 이곳에 두고 떠나니 마음이 가볍다. 오후에 계곡물에서 수영할 생각에 시원함이 머리를 가볍게 한다. 오늘은 금악교에서 평화의 댐 DMZ아카데미까지 약 21km를 걷는다. 예정 했던 거리보다 조금더 걸어야 한다.

강원도 화천군과 양구군 지역 북한강 상류에 북한의 금강산 댐에 대응하기 위하여 높이 125m, 길이 601m, 총 저수량 26억톤을 저장할 수 있는 댐이 1988년, 2005년 두번 나뉘어 완공 되었으며, 지금은 홍조절용 댐으로 활용되고 있다. 댐 주변에 있는 노벨 평화의종은 평화를 사랑하는 도시 우리나라 화천군과 스웨덴 에다시, 노르웨이 아이스코스시가 뜻을 모아 설치했다. 노르웨이 오스로 시청에서 기증한 무게 375kg의 종으로 타종도 할 수 있다. 댐 바깥쪽에는 높이 93m, 폭 60m인 '통일로 나가는 문' 이라는 제목의 초대형 트릭 아트 벽화가 그려져 있다.

평화의 댐

이제 사진따라 금악교에서 평화의 댐까지 종주 여행을 시작해 보자.

어느 시골 들녘의 아침

　계곡 옆이라서 그런지 새벽 공기가 싸늘하게 느껴지는 아침이다. 그러나 일기예보로는 오늘도 폭염이라고 한다. 오전에 많이 걸어야 오후 종주가 여유있을 것 같아 아침

을 재촉한다. 간단히 토스트로 아침을 먹고 어제 마무리한 금악교로 이동했다. 평화누리길 따라 어느 시골 들녘 안개 낀 아침 길을 걸어간다.

운해

　앞산 마루에 걸려있는 안개는 구름처럼 산을 에워싸고 이리저리 움직이고 있다. 푸른 들녘과 뒷산을 무대삼아 안개가 이리저리 몰려다니

며 춤을 추고, 우리는 관객이 되어 춤사위를 감상하고 있는 듯하다. 생각지도 않은 아침 풍경에 모두들 넋이 빠져 카메라 셔터를 누른다.

징검다리

계곡물이 모여서 너른 냇가를 만들고, 계곡의 깊은 물살이 되고, 폭포가 되어 우리와 함께한 수입천 물이 제법 넓게 펼쳐져 흐른다. 냇물을 건너는 다리위로 물이 넘쳐 수중다리를 만들고, 다리 난간은 징검다리가 되어 우리의 징검다리가 되어주고 있다. 하나씩 건너뛰며 걷는 마음은 동심으로 돌아 간 듯하다.

오천터널

아름다운 길을 뒤로 하고 차도로 나오니 후끈한 열기가 몸을 휘 감아 돌고, 차량 소음이 귀를 울린다. 교통량이 적은 도로이고 갓길이 넓게 조성되어 있는 평화의 댐으로 가는 460번 지방도 이다. 도로 좌로 우로 그늘길 따라 왔다 갔다 하며 걷다 보니 시원한 터널 바람이 불어온다.

오천터널 우회임도

일반인 통행이 차단되어 있는 임도길 따라 오르는 오천터널 우회도로는 수목이 우거지고 산세가 깊어 천연기념물 217호 산양들이 서식하고 있다고 한다. 아프리카돼지열병 차단 울타리가 쳐져 있는데도 여기저기 산양들의 배설물이 한 무더기씩 보이는 것이, 이 근방에 서식하고 있는 것 같다.

산속 라면 맛

종주여행은 산을 타는 곳도 있지만 임도길 따라 걷는 길도 많이 있다. 대부분 임도는 포장이 되어 있지 않고 차량이 한 대 정도 갈 수 있는 산

길들이 많다. 예전 시골에서 재 너머 학교 가는 길처럼 포근한 길이다. 힘들게 터널정상을 너머 낮은 산속에서 라면의 맛을 즐겨 본다.

시원한 계곡

본격적으로 뜨거워지는 오후 종주가 시작 되었다. 언제나처럼 머리를 수건으로 두르고 모자를 눌러쓰면 종주가 시작되는 것이다. 들길 보다 더 뜨거운 아스팔트 도로 위를 걸으면서 어느 도로가 냇물의 시원함을 느껴보는 것, 이 또한 종주하는 맛이 아닐까 한다.

국제 평화 아트파크

아스팔트 도로의 뜨거운 열기 따라 걷다보니 평화의 댐 이정표가 나오고, 국제 평화 아트파크가 먼저 우리를 맞아 준다. 수명이 다한 탱크와 비행기 등을 이용하여 다양한 예술품을 만들어 놓은 평화의 공원이다. 공

원 옆 하늘오름길의 569개 계단따라 평화의 댐 위로 올라가는 길은 마지막 남은 힘을 모두 쏟게 한다.

최고의 맛~ 강원도 옥수수

　높이 125m, 길이 601m의 평화의 댐 위에 올라와 북한강 줄기를 바라
보니, 어디가 댐 안쪽인지 바깥쪽인지 구분이 되지 않고, 아래위로 호수
가 두 군데 있는 것처럼 보인다. 댐 안으로 돌을 던지면 닿을 수 있을까,
생각할 정도로 발아래 물이 있다. 댐 주변으로 노벨 평화의 종, 비목공원
같은 다양한 볼거리 들이 조성되어 있다.

　무더운 종주의 끝자락에 역시 간식이 최고의 휴식인가 보다. 삶은 옥
수수와 음료수로 지친 몸을 달래 주면서, 강원도 옥수수가 이렇게 맛난
줄 오늘에야 알았다. 남은 옥수수는 당분간 우리 간식으로 유용하게 쓰
여 질 것이다.

　행복한 기분으로 어제 묵었던 숙소에 돌아오니 계곡물도 수영도 다 귀
찮다. 그냥 씻고 민물고기 매운탕으로 하루를 마무리 한다. 그리고 오늘
도 나와 같이 온라인 위문을 해준 친구들에게 감사의 문자를 보내고 힘
들었던 하루를 마무리 한다.

옥수수

평화의 댐

10
군 보급로 따라 걷기

8월 26일 수요일 9일차 27km – 안동철교, 처녀고개, 딴산

오늘은 평화의 댐에서 딴산까지 종주 여행을 할 것이다.

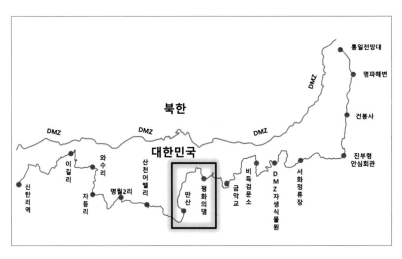

강원도 DMZ 종주 코스

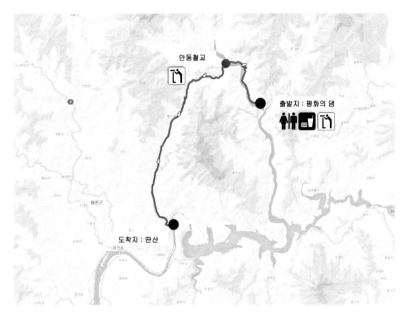

오늘 걸을 종주 코스

안동철교가 궁금하네

오늘은 이동거리가 멀어서 아침 일찍 출발 한다. 어제처럼 토스트와 남은 옥수수로 아침을 먹고, 평화의 댐에 있는 DMZ아카데미로 출발 한다.

우리의 종주 길도 이제 중반을 넘어 종반으로 들어서고 있다. 무엇 때문에 걷는가, 꼭 이렇게 걸어야 합니까, 라는 말을 들으면 "길에 취해서요." 라고 말한다. 그래도 걸어서 여기까지 왔기에 내가 아직은 할 수 있다는 것을 느꼈고, 아직은 나를 응원해주는 사람들이 있어서 나의 존재감도 느껴 보았다. 마지막 까지 이 길을 걸어서 갈 수 있기를 바라며 모든 것을 내려 놓고 잠시 쉬어본다.

기차길이 아닌 안동철교를 걸어가는 종주를 시작해 보자.

나의 그림자도 잠시 휴식 중

평화의 댐 DMZ아카데미

오늘은 민통선 너머 평화의 댐 상류 북한강 깊숙한 곳까지 올라갔다 다시 북한강 줄기로 내려오는 여행길이다. 코로나로 임시휴장인 DMZ아카데미를 지나고, 녹슨 철모를 얹은 나무 옆을 지나면서 전쟁의 참혹함을 느껴본다. 가곡으로 널리 알려진 '비목' 노래비에서 잠시 발걸음을 멈추고 가사를 되새겨 본다.

민통선을 걷다

아침 안개 속에 파묻혀 있는 평화의 댐을 뒤로하고 댐 상류부로 접어드니 멀리 민통선 초소가 보인다. 지금은 민간인 출입이 통제된 상태라

우리가 처음 들어가는 거란다. 까다로운 출입절차를 거쳐 안동철교로 향하는 길은 어느 순간부터인가 사람의 손길이 닿지 않은 통제된 도로로 되어 있었다.

평화의 댐 상류 안동철교

　군데군데 동물 이동통로가 있고 고라니인지 산양인지 배설물 흔적이 여기저기 보인다. 인적 없고 차량도 다니지 않는 잘 정비된 도로변은 자연 그대로의 생태계를 간직하고 있다. 그 도로위로 우리만이 걷고 있다. 멀리 안동 철교가 보이고 그 너머 높은 산꼭대기 해발 1,170m 백암산정상에 우리군 막사가 희미하게 보인다. 안동철교는 철도가 다니는 다리가 아니라 철로 만들어진 다리라서 철교라고 한다고 한다. 철교 밑은 평화의 댐 상류 물이 저수되는 북한강 상류부이기도 하다. 이 다리를 통해서 평화

의 댐 깊숙이 내륙을 동서
로 오가는 화천 최전방 교
량인 것이다. 안동철교 왼
쪽이 평화의 댐 방향이고
오른쪽이 DMZ 방향이다.

안동철교

계곡물로 들어가고 싶다

안동철교를 지나 군 초소를 통과하는데 여기도 아프리카돼지열병 소독약 살포지역을 통과해야한다. 끝없이 이어지는 아스팔트 도로 위로 올

라오는 뜨거운 열기가 온 몸에 땀을 흥건히 만들어 내고 있다. 길가 계곡의 맑은 물이, 지나는 우리의 마음을 시원하게 해주고 있다.

익수한 방호벽

DMZ는 특수성을 가진 지역으로 지나는 곳의 특성을 사전에 익히고 가면 여행에 많은 도움이 된다. 익숙한 방호벽을 지나 걸어가는 길 주변으로 군부대와 칠성부대 신병교육대가 나타난다. 이 도로는 평화의 댐 상류를 관통하여 이곳을 지나는 길로 DMZ와 근접해 있고, 전방 부대로 각종 군수품을 보급해 주는 보급로이다.

산속에서 먹는 오늘 점심~ 어떤가?

오늘 점심은 야채밥, 미트볼, 쇠고기 고추장 비빔소스, 보리건빵이 들

어있는 맛깔난 전투식량이다. 줄을 잡아당기면 용기 안에서 열이 발생하여 음식을 데워주기도 하고, 말이 전투식량이지 웬만한 식단보다 훌륭한 한끼 식사다.

최고의 맛 아이스커피

더위에 지쳐 시원한 음료를 찾아 인근 가게로 들어가 보니 사람들이 워낙 없어 장사를 안 한다고 한다. 한참을 내려오니 조금 큰 마트가 나타나고 이곳에서 시원한 아이스 아메리카노 한잔을 먹을 수 있었다. 여기서 아이스 아메리카노는 우리가 카페에서 먹는 그런 것이 아니고 편의점에

서 얼음과 커피를 따로 구매하여 만들어 먹는 커피로 종주 중에 운 좋게 마트가 있으면 구할 수 있는 최고의 음료이다.

딴산 처녀고개길 넘어서

오늘 종주는 화천군 풍산리 일대 화음동 계곡을 지나면서 우리종주 중에서 최장 거리를 걷고 있다. 평화의 길과 함께 이어지는 종주 길 따라 펼쳐지는 농작물과 멀리 보이는 이름 모를 산들, 뒤돌아보면, 왔던 길 따라 펼쳐지는 평화의 길이 너무나 아름답다.

옛날 도령과 낭자의 애틋한 사랑이야기가 담겨져 있다는 풍산마을 처녀고개를 너머 간다. 이 도로가 없을 때는 꽤나 험한 고갯길 이었겠다. 고갯길 너머 딴산으로 향하는 발걸음은 무겁다. 오늘 종주 거리는 27km로 예정 거리보다 많이 걸었는데 아직까지 몸 상태는 나쁘지 않다.

평화의 길
이런 길만 있으면 어떨까

딴산 처녀고개의
전설을 들으며

11

화천 산소 100리길 걸어 산천어밸리 가는 길

8월 27일 목요일 10일차 23km – 꺼먹다리, 화천 산소100리길,
산천어밸리

오늘은 딴산에서 산천어밸리까지 종주 여행을 할 것이다.

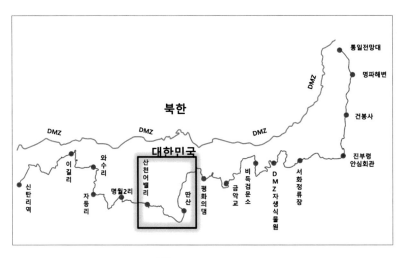

강원도 DMZ 종주 코스

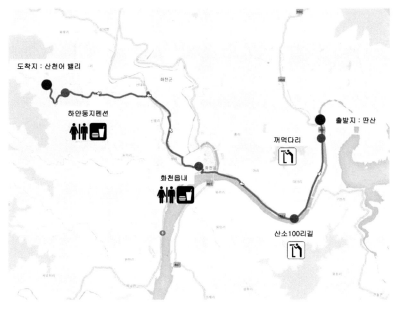

오늘 걸을 종주 코스

꺼먹다리에서 화천 산소100리길 걷기

오늘은 딴산에서 산천어밸리까지 약 23km 종주 길에 오르는데 이는 계획일 뿐 종주 하다보면 바뀌기 일쑤이다. 어제부터 태풍 바비의 위력이 대단하다며 집에서 연락이 오고 일산 집은 난리가 아니라고 한다. 전화로 집안 점검할거 이것저것 말하고 창문 단속방법을 알려주고도 같이 있지 못하는 것이 내내 마음에 걸린다.

국토종주는 날씨와의 싸움이라고 해도 과언이 아니다. 여름에는 폭염과 비에 대비해야하고 겨울에는 한파와 폭설에 대비를 해야 하고 상황에 맞게 복장과 장비를 챙겨야 한다. 나는 그 외에 반드시 음료를 챙긴다. 음료는 종주 내내 갈증을 덜어주고 에너지를 보충해주는 활력소 역할을 하며 탈수를 막아 준다.

전국에 태풍경보가 내려졌는데, 여기는 새벽에 비가 좀 내리고 말았다. 아침먹고 나오는 길에 바람이 조금 불고 간혹 가랑비가 내리는 수준에서 종주가 시작 되었다. 딴산을 지나 우리나라 최초의 철근교량이라고 하는 화천꺼먹다리에서 잠시 사진을 찍어본다. 화천수력발전소에서 떨어지는 물이 뒤집히면서 흙탕물이 만들어지고 먹잇감이 많은지 가마우지, 백로 등이 먹이를 찾아 여기저기 무리지어 날고 있다.

한강합류부로 부터 100km란 표지판이 보인다. 강 건너 산소100리길 데크다리가 보이지 않는다. 비가 많이 와서 걷어 놓은 모양이다. 작년 종주 길에는 그 길을 걸어 왔는데 조금 아쉬움이 남는다.

꺼먹다리

화천 수력발전소

태풍 바비가 온 나라를 흔들어 놓고 지나간 오늘은 바람없는 낮은 구름만이 하늘을 덮고 있다. 건물벽에 화천 수력발전소라고 쓰여있는 문구

가 보이고, 4개의 커다란 원통이 매달려 있는 것이, 평상시 수력 발전소와 다른 모습을 보여주고 있다. 누렇게 흐르는 강물위로 먹이 찾아 가마우지 무리가 떼 지어 날고 있다.

화천 산소100리길 입구

산소가 얼마나 많이 나오길래 산소길이라고 할까, 하는 마음에 강물따라 이어지는 길을 걸었다. 강물과 주변 산이 함께 어우러진 강변길은 서울도심의 한강변과는 다른 분위기 이다. 강변 속 숲길을 한가로이 걸으면서 북한강 상류의 여유로움을 느껴본다.

휴식시간

북한강을 걸어 내려 오다보면 이렇게 아름다운 공원길도 보인다. 잠시 신발을 벗고 휴식을 취하고 있는데, 앞에서 맛난 간식을 몰래 먹고 있다.

 물끄러미 쳐다보며 입맛만 다시고 있다. 한입 안 주나 하는 마음으로 계속 바라보아도 모른척하고 혼자 먹고 있는 모습이 야속하기만 하다.

화천 산소100리길 따라 걷기

화천 북한강 산소100리길은 북한강 상류부로 이길 따라 가면 남한강과 만나서 한강 하류인 조강을 거쳐 서해 바다로 이어지는 물길 이다. 상류인데도 강폭이 제법 넓고 물의 양도 많다. 태풍이 지나간 자리에 지나가는 이슬비는 우의를 입기가 어설퍼서 배낭만 덮고 걸어간다.

화천시내 구경하기

다리위 난간에서 화천시내를 바라본다. 겨울이면 산천어 축제가 열리는 곳으로, 국내·외에 널리 알려져 있으며, 미국의 CNN에도 소개된 곳이기도 하다.

화천시내로 들어오니 우리가 외지인이 되었다. 코로나19로 전국이 난리가 났고 이곳도 예외는 아닌 듯 외부사람과 될 수 있으면 접촉을 하려하지 않는다. 마스크를 쓰고 시내로 들어와서 종주 길에 짜장면도 먹고, 아이스 아메리카노도 먹고 여유롭게 점심을 즐기다 보니 오후 종주 알림이 왔다. 아직 갈 길이 많이 남아있다.

산소길 따라 산천어가
펄떡펄떡 뛰는
다리건너 화천시내 입성

산천어 밸리가 있는 만산동 계곡 가는 길

DMZ를 지키는 화천 7사단 관내 이다. 도로와 농로 길을 따라 가는 길 옆에 흐르는 시냇물이 제법 넓게 흐르고 있다. 상2리 주민들이 관리하는 진두루천이라고 한다. 한가로운 시골 풍경이 이어지고, 길에는 지나는 사람 없고 언제나처럼 우리만 걷고 있다. 7보병사단 표지판이 눈에 들어오고 만산동계곡 안내판이 나오면서 펜션들이 모여서 농촌전통테마마을 단지를 형성하고 있는 산천어밸리 체험장으로 접어든다.

그래도 오르막 하나는 올라야 걸었나 보다하는 마음에 산천어밸리로 가는 마지막 오르막을 숨 가쁘게 올라간다. 오늘도 23km를 걸었고 10일 동안 약 250km를 걸었다.

발가락에 통증이 오고 발바닥에 물집이 커지면서 발전체로 통증이 퍼져온다. 이제부터 좀 더 신경 써서 관리해야 한다. 나만의 관리 방법은 특별한건 없고 의료용 종이 테이프로 발가락을 감고 물집난 부위를 감싸서 발가락끼리 마찰이 일어나지 않도록 감아주는게 전부이다.

화천삼나물 밥상에서 나물 돌솥밥을 맛나게 먹고나니 하루의 피로가 밀려오고 오늘도 이른 잠자리에 든다. 깊은 산속 작고 아담함 하얀둥지펜션에서 하루의 피로를 달래본다.

새벽에 눈을 떠서 밖을 보니, 하늘에 달과 별도 없고 주변에 불빛도 없는 칠흑같은 어둠이 산속을 실감나게 한다.

농촌전통테마마을에 있는 하얀둥지펜션

한적한 산천 초목을 누비며

그냥 보고만 있어도 평화로운 산천이 펼쳐진다. 이제는 인적 드문 산
과 냇가도 눈에 익숙하고, 종주에 어려움도 몸에 길들여져 간다. 걸으

며 생각하고, 잊어던 옛날
생각도 해보고, 앞으로의
삶에 대해서도 그려본다.
평화롭게 내 딛는 걸음 한
발자국에 힘도 넣어 본다.

제7보병 사단

DMZ는 남과 북을 가르는 선이고 이선 따라 군부대가 배치되어 북과 대치하는 선이기도 하다. 우리나라 최북단이고 최전방이기도 하며, 겨울

이면 최고로 추운지역이기도 한 DMZ의 화천 구간이다. 이곳 화천에는 제7보병 사단이 그 역할을 하고 있다.

만산동 계곡 가는 길

오늘에 종착지 만산동 계곡으로 들어간다. 이곳은 농촌전통테마마을이 형성되어 있으며, 산천어밸리 체험장과 만산동국민여가 캠핑장이 있기도 하다. 계곡따라 올라가다 보면 펜션도 보이고 캠핑장도 나타나는 것이 여느 유원지와는 다르게 잘 정비되어 있다.

오늘의 저녁

화천에서 산천어는 못 먹어도, 산채 나물밥은 먹고 가야할 것 같아 물어물어 찾은 화천 돌솥밥집에 왔다. 역시 잘 찾아 왔나보다. 한상 정결하게 차려진 밥상에 산나물로 채워진 반찬은 우리의 입맛을 한껏 돋워 주고 있다. 산채돌솥밥으로 행복한 저녁을 가져본다.

12

만산령 너머 명월리 가는 길

8월 28일 금요일 11일차 16km – 만산령, 명월2리

오늘은 산천어밸리에서 명월2리까지 종주 여행을 할 것이다.

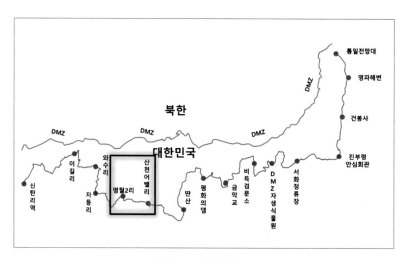

강원도 DMZ 종주 코스

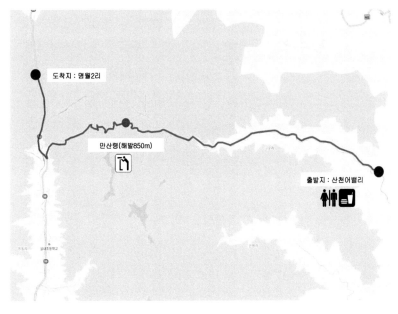

오늘 걸을 종주 코스

만산령 오르는 길

숙소에서 이어지는 종주 길은 만산동 골짜기를 따라 올라가는 것으로 시작되어 명월2리까지 16km 산길을 걷는다. 오르는 길이 완만한 임도 따라 펜션과 작은 조각공원이 눈에 들어온다. 깊은 계곡 끝에 자리잡은 조각공원에서 완성된 작품과 작업중이거나, 작업하려고 하는 것들이 여기저기 보인다. 안개구름이 먼 산중턱에 걸쳐있고 그사이로 비래바위가 눈에 들어온다. 비래바위는 해발 650m로 만산동 계곡의 정상부에 위치한 높이 약100m, 폭 500m로 마치 병풍처럼 둘러쳐 있어 병풍바위라고도

107

한다. 주변 산중에 홀로 솟아 있고 규모와 형상, 위치가 특이한 경관을 형성하여 지역의 랜드마크 역할을 한다. 비래바위라는 지명은 금강산에서 바위가 날아와 이곳에 앉았다는 전설에서 유래 되었다고 한다. 광물의 조직이 치밀하고 견고한 석영반암인데 약 1억 년 전에 지하 100~350km 깊이에서 화강암질 마그마가 분화하면서 원래 있던 변성퇴적암류 암석 틈을 따라 들어가 굳어진 것으로 이후 주변의 퇴적암류는 침식돼 떨어져 나가고 석영반암만 남게 된 것이라고 한다. 산등선에 커다란 바위가 하나 올라가 앉아 있는 특이한 형상을 하고있어 멀리서도 금방 알 수 있는 산이다.

비래바위를 먼 발치 두고 오르는 산길은 포장이 되어있어 차량 한 대는 지나갈 정도로 정상까지 이어져 있고, 길 옆에는 아프리카돼지열병 차단 철망이 계곡을 따라 쳐져 있다. 오르막이 이어지는 산길은 우리의 발걸음 무겁게 하고 모두를 지치게 한다.

만산령 오르막에 지쳐가는 마음

오늘도 출발

새벽에 칠흑같은 어둠에 묻혀 있던, 동화속 그림같은 하얀집 펜션에서 오늘의 종주를 출발한다. 오늘도 아침은 식빵에 우유와 계란후라이를 곁들인 간편식이다. 가

변운 마음으로 구름낀 만산동 계곡의 오르막을 시작해 본다. 아침 햇살이 구름이 조금씩 걷히면서 군데 군데 산등선을 보여주고 있다.

만산동 계곡 올라가는 길

구름 자욱한 만산동 계곡 속으로 들어간다. 울창한 숲 사이로 포장된 계곡길 따라 쉽게 올라간다. 이런 길만 계속되면 오늘 종주는 그리 어렵

지 않으리라 생각하며 걸음을 내딛는다. 먼 발치 구름 속으로 희미하게 걷히는 산도 보고, 나무도 보면서 올라가는 계곡길이 즐겁기만 하다.

산속 노천 조각공원

산속에서 조각공원을 다 보고, 오늘 횡재한 것 같다. 계곡속에 산속 노천 조각공원이라고 쓰여있는 문구가 보이고, 조각품들이 길가따라 늘어서 있다. 누가 이곳에서 작품활동을 하는 걸까 궁금하다. 그냥 길가에 쓰러져 있는 나무가 조각품의 원재료인가 보다. 여기저기 길 따라 놓여있는 조각품 속으로 시선을 맞추면서, 산속에서 신선한 충격을 받아본다.

비래바위

병풍바위라고도 하는 석영바위가 우뚝서 있는 비래바위 안내 표지판이 보인다. 올라올 때 먼산 구름 사이로 잠깐 보았던 희한하게 생긴 산꼭대기 바위가 비래바위라고 한다. 나무와 숲으로 덮여있는 산만 보아오다, 산 꼭대기에 병풍같은 바위가 올라와 앉아 있는 산을 보니 새롭게 보인다.

끝없이 이어지는 만산령 고갯 길

올라가도 또 오르막, 어디까지 올라가야 하나, 오르막의 연속이다. 올라올 때 잘 포장된 계곡길은, 비포장 도로로 바뀌고, 만만하게 봤던 만산동 계곡 길은 점점 더 힘든 종주길이 되고 있다. 끝없이 이어지는 오르막에 잠시 삶의 현장을 되돌아 보며, 땀방울을 씻어낸다.

만산령 정상

산모퉁이 돌면 오르막, 여기가 끝인가 싶으면 또 오르막, 오르고 또 올라온 곳, 만산령 정상이다.

저만치 나무 밑에 만산령 정상 해발 850m 표지석이 보이고 6.25때 중공군과 치열한 전투가 벌어진 사창리 지구 전투 표지판이 눈에 들어온다. 우리의 발걸음 마다 걷는 산길 속, 이곳도 어김없이 전쟁의 상흔이 스쳐간 자리다. 역사속의 6.25를 다시금 더듬어 보게 하고, 왜 우리가 전쟁의 피해를 보아야 하는지, 그 전쟁에서 남은 것은 무엇인가를 생각하게 한다. 녹슨 철망에 걸려있는 지뢰지역이라는 붉은 표지판은 사람의 접근을 철저히 막아주었고 오로지 자연만이 생존할 수 있는 생태보호지역으로 만들어 주었다. 전쟁으로 처참하게 파헤쳐진 그 자리를 자연은 어머니품처럼 아무 말 없이 보듬어 안아 주었고 상처 난 부위를 치료해 주었다.

이제 이곳 만산령도 전쟁의 상흔에서 벗어나 우리들의 아름다운 오프로드코스로 다가오고 있다. 오르는 계곡길은 포장된 도로가 비포장 도로로 바뀌면서 자동차 매니아들의 오프로드 코스로 각광을 받고 있고, 산악 자전거를 즐기는 동호회원들의 오프로드 산악코스로 알려지기 시작하고 있다. 이렇게 계곡길의 비포장 도로는 현대인에게 또다른 즐거움을 안겨주고 있다. 힘들게 올라온 멋진 계곡의 오프로드코스가 포장된 도로로 바뀌지 말고 우리곁에 계속 있기를 바래본다.

만산령 정상

만산령 전적비

만산령이 6.25 전쟁 전투 흔적이 있었던 곳이었다고 한다. 6.25전쟁 중 제1차 중공군 춘계공세당시, 우리군 제6사단이 중공군 제20군 예하3개

사단과 40군 예하 4개 사단의 집중공격을 받고 이를 저지하기 위해 5일동안 치열한 전투가 벌어진 곳이라고 한다. 잠시 묵념을 하고 하산길을 채촉한다.

오늘에 목적지 명월2리

오르는 길 만큼 힘들게 내려올 줄 알았는데 생각보다는 수월하게 내려왔다. 명월2리 마을회관을 지나, 길게 이어지는 도로 길을 따라 올라간

다. 구름에 덮여있던 하늘이 개이면서 한여름 더위를 쏟아내고 있다. 종주에서 제일 힘든 아스팔트 길을 걷고 있다.

아름다운 휴식

장거리 종주 여행에서 휴식은 내일을 있게 해주는 최고의 보약이다. 여럿이 함께하는 숙박의 즐거움도 있지만, 때로는 혼자 있고 싶을때도 있을 것이다. 그러나 종주 여행에서는 혼자 쓸수 있는 기회가 없다고 봐도 된다. 아니 그럴 일이 전혀 없다. 그런데 뜻하지 않게 그런 일이 생긴 것이다. 숙소 사장님이 우리의 사정을 듣고 코로나로 인하여 사람도 없는데 방 하나씩 쓰라고 한다.

오늘 숙박은 '내안에 너' 모텔에서 1인 1실 독실로 한다. 와우 시설이야 어떻든 모처럼 한가로운 시간을 보내고 편한 잠자리도 가져본다. 오랜만에 침대에 자유롭게 누워도 보고, 스포츠채널도 마음대로 보고, 아무렇

게나 너부러져도 보는 여유로운 시간을 보냈다. 인근 식당에서 저녁을 먹고 오랜만에 카페에서 아이스 아메리카노를 테이크 아웃하여 먹어도 본다. 종주 위문품으로 수박, 삶은 감자, 방울토마토가 왔다. 이번 종주 전에 수박을 사각으로 자르는 방법을 생각없이 배웠는데 여기서 써먹어본다. 멋지게 사각수박을 만들어 밀폐봉지에 개별포장을 하고 바로 냉장고로 직행한다. 내일은 아무리 더위도 꽁꽁언 수박 앞에서는 시원할거라는 기대감을 안고 잠자리에 든다. 내일은 6시50분 출발이다. 복주산을 넘는 일정이기에 만만치가 않다.

이어지는 오랜 종주 여행에 피로도가 높아지고 심신이 지쳤지만, 호텔 같은 독실에서 모든 피로를 풀고 가련다.

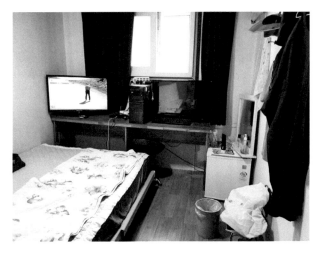

호텔 독실에서 최고로 아늑한 하룻밤의 휴식

13
최북단 휴양림 복주산

8월 29일 토요일 12일차 20km – 복주산, 복주산 자연휴양림,
잠곡저수지, 자등리

오늘은 명월2리에서 자등리까지 종주 여행을 할 것이다.

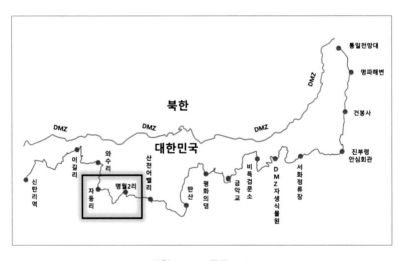

강원도 DMZ 종주 코스

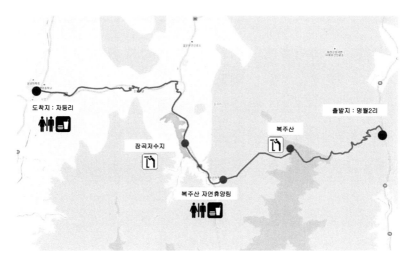

오늘 걸을 종주 코스

복주산 오르는 길

　해발650m 강원도 화천군 명월2리에서 복주산 오르는 길은 급경사 임도로 시작된다. 복주산은 해발 1,157m로 오래전 물로 세상을 심판할 때에 모든 곳이 물에 잠겼으나 이 산만 꼭대기에 복주께(주발) 뚜껑만큼 산봉우리가 남아 있었다고하여 복주산이라 불렀다고 한다. 잠곡리 방향에서 올라오는 길에 복주산 자연휴양림이 조성되어 있는데, 잠곡리 일대의 인공림과 어울려져 울창한 산림과 맑은 계곡이 흐르는 뛰어난 자연경관을 보여주고 있으며, 추첨제로 운영되고 있다. 휴양림에서 복주산 정상으로 향하는 등산로가 만들어져 있고, 용탕골 계곡으로 이어지는 산책로도 만들어져 있다.

발아래 벌목한 산에 임시로 만들어진 길과 함께 남아있는 산림들 사이로 내려앉은 구름, 구름사이로 살짝 보였다 사라지는 햇살은 우리를 위해 보여주고 있는 풍경 이었다. 얼려온 사각수박이 구름사이로 불쑥 올라와 갈증을 달래주기도 한다. 오름 중간에 두 갈래 길이 나와 2개 조로 나뉘어 올라가는데 우리가 선택한 길이 다른 곳으로 가는 길이라 벌목된 산 중간을 헤집고 올라가 합류해보는 행복감도 느껴 본다. 해발 750m, 해발 800m 오를수록 구름아래 산들이 내려 보이고, 해발 850m 고목에 이끼가 끼어 있고 잠시 휴식을 취하는 도중에도 습한 공기가 온몸을 휘감아 돈다. 오를수록 조금씩 걷히는 구름이 만들어내는 풍경을 보면서 우리에 종주 산행은 계속된다. 해발 1,100m 지점에서 복주산 정상과 휴양림으로 가는 삼거리가 나온다.

복주산 오르는 길

구름사이 하늘이 열리고

나무 위 구름사이로 하늘이 열리면서 태양이 나온다. 마치 조물주가 하늘에서 빛을 내 뿜으며 내려올 것처럼 햇살이 구름을 뚫고 나와 나무

위에 쏟아져 비춘다. 아침 햇살이 만들어 내는 조화로움에 감탄하며, 오늘 종주의 첫 번째 풍경을 담았다.

산위에 구름이 걷히면서

산등선 아래까지 벌목한 곳에 낮은 나무들이 자라나고, 그 너머 먼 산 위에 하늘과 구름이 또 다른 풍경을 보여 주고 있다. 복주산을 동쪽에서 서쪽으로 오르면서 볼 수 있는 아침 풍경이다. 이런 풍경 어디서 볼 수 있을까 하며, 오늘 시작하는 종주 길의 두 번째 풍경이다.

발 아래 운해

높은 고원에 올라온 것처럼 벌판이 눈 앞에 펼쳐진다. 벌목한 자리가 초원이 된 것처럼 구름과 잘 어우러지는 운해를 내려다 보면서 복주산  이 만들어 내는 수채화에 마음을 내어주는 종주 산행이 오전 내내 이어진다. 오늘의 종주의 세 번째 풍경이다.

얼음 수박

산행으로 시작한 오늘 종주는 자연이 만들어 내는 풍경에 취하여 어느덧 산 중턱까지 올라왔다. 잠시 휴식을 취하면서 어제 찾아온 반가운 손님이 가져온 수박에 손  길이 머문다. 이것이 뭘까, 최고의 음료 사각 얼음 수박으로 갈증을 달래보며, 오늘에 네 번째 풍경이다.

복주산 오르는 길

해발 1,157m의 복주산은 오르막 이어지는 산길의 연속이다. 스틱을 짚으면서 한발 한발 내딛는 발걸음에 푹신한 지면이 눌려진다. 오름에 힘이 들지만 그래도 걸음은 가벼운 산행으로, 정상을 향해 발길을 힘 겹게 옮겨 본다. 편안한 산행이 오늘 종주의 다섯 번째 풍경이다.

서서 휴식

잠시 서서 휴식을 취하면서 올라온 길의 아픔다움을 소재로 잠시 이야기를 나누어 본다. 오늘 종주는 높은 복주산을 넘어야 해서 다들 걱정을 했는데, 자연이 만들어 주는 아름다움에 취하여 어렵지 않게 올라왔다고 서로를 위로하며, 오늘 복주산 종주산행의 여섯 번째 풍경으로 오름의 풍경을 정리해 본다.

복주산 하산 길

화천방향 명월리 실내고개에서 올라 올 때는 임도와 산길 따라 구름과 벌목된 산을 보면서 왔는데, 하산 길은 아주 다른 환경을 보여주고 있다. 쓰러진 나무를 넘고, 풀숲을 지나고, 뭔가 나올 것 같은 깊은 산길 따라 내려가는 하산 길은 높고 골 깊은 복주산 등산로의 험준함을 보여 주고 있다. 계곡 따라 졸졸 흐르던 물이 어느덧 작은 폭포와 웅덩이를 만들어 내고, 그 맑은 계곡물에 잠시 손도 적셔보고 수건을 적셔 시원함을 느껴 본다. 계곡물은 내려 갈수록 더 큰 폭포를 만들고 계곡은 깎아지를 듯 더 깊어지며 하나의 명소를 만들어 여행객의 발길을 잠시 머물게 한다. 복주산 관리사무소에서 올라가는 등산로를 택하면, 복주산의 폭포부터 계곡이 만들어주는 자연의 절경을 하나씩 즐기며 오를 수 있는 코스이기도 하다.

습기 머금고 있는 복주산 정상부에 습기머금고 있는 초목들

해발 1152m 복주산 정상으로 가는 길을 돌아,
복주산 휴양림으로 하산길을 택한다.

산속 나무 계단

　복주산 오름에 즐거움을 만끽하고 하산길로 접어 든다. 구름이 있어서 그런지 복주산 정상부는 축축한 습기를 머금고 있는 공기가 코를 자극한

다. 나무 계단 길 따라 내려오는 깊은 산속에 작은 오솔길이 평화롭게 느껴지고, 인적이 드문 산속에서 등산객과 마주치니 반갑기도 하다.

배낭도 휴식 중

평지를 걷는것과 산행은 비슷 한 거 같지만, 몸에서 느끼는 피로는 아주 다르게 나타나므로, 스틱을 이용하여 몸의 피로도를 조절해야 한다. 스틱은 등산할 때나, 종주할 때 유용하게 사용하는 도구 중에 하나이다.

걸음의 무게를 20%이상 줄여 주는 역할도 하지만 때로는 배낭도 쉬게 할 수 있는 지지대 역할도 한다.

계곡물

종주길에 많이 보아온 계곡물이 오늘따라 유난히 맑게 흐르고 있다. 나지막하게 바위 밑으로 떨어지는 물은 작은 폭포를 만들어 내고, 샘물처럼 맑은 물은 너무나 깨끗해서 바닥이 훤히 들여다 보인다. 시원한 계곡물에 손과 발을 넣어도 보고, 수건을 적셔 목에 걸어도 본다.

간식

등산객이나 둘레길 걷는 사람과 같이 운동을 즐기는 사람들이 가장 많이 가지고 다니는 간식이 방울 토마토라고 한다. 가지고 다니기 편하고, 많은 수분과 영양분을 가지고 있어 운동의 피로도를 빨리 회복시켜주는 역할을 한다고도 한다. 여기에 삶은 감자를 곁들이면 이보다 더 훌륭한 간식이 또 있을까 한다.

잠곡리를 지나 백골 부대가 있는 자등리 가는 길

호수를 품고 있는 잠곡3리 누에마을 데크길 따라 오후 종주가 시작되었다. 하늘이 구름을 머금고 여기저기 옮겨가며 소나기를 뿌리고, 오늘도 배낭만 우의로 덮고 비 맞으면 걸어보려고 한다. 하오재로를 지나 신술터널 위로 우회하는 산길에 도착하니 방호벽이 우리를 맞아 준다. 굽이굽이 산등선을 너머 가는 길에 굵은 소나기가 머리위로 쏟아진다. 모질게 퍼붓는 빗줄기에 온몸이 흠뻑 젖고, 모자를 타고 흐르는 빗물은 땀과 섞여 얼굴을 적신다. 먼발치 3사단 백골부대 상징인 해골이 무섭게 우리를 노려보는 것 같아 우리의 목적지 자등리로 걸음을 재촉한다. 자등리에는 백골부대와 군인 아파트, 복지회관, 119지역대, 상점 및 식당들이 제법 들어서 있다. 어느 담벼락에 "3사단 이사 가세요? 자등리도 데리고 가세요"라고 쓰인 문구가 인상적이다.

비를 맞아서 모든 것이 물에 잠겼다가 나온 것처럼 흠뻑 젖었다. 부지런히 젖은 옷가지를 세탁하고 신발을 말리고 샤워도 하고 잠시 휴식도 가져본다. 저녁 먹으러 나오는 길에 다른 곳에 숙소를 정한 팀의 펜션으로 갔다. 그곳에 육군 제3사단장님 오셔서 우리를 따뜻하게 맞이해 주며, 코로나 상황만 아니면 환영식을 해주려고 했다고 하면서 못내 아쉬움과 함께 3사단 기념품을 전달해 주었다. 진한 감동과 함께 고마움이 밀려왔다.

험한 복주산을 너머 잠곡3리 누에마을

잠곡 저수지

복주산을 내려와 지방도463번 하오재로를 따라 잠시 내려오니, 산아래 너른 잠곡저수지가 눈을 시원하게 해준다. 2003년에 완공된 농업용 저수지로 저수량이 437만톤 이며 잠곡, 사곡, 육단, 와수, 운장, 용양지역에 용

수를 공급한다. 물이 깊고 맑으며 인근에 복주산과 연계하는 종주코스로 안 성마춤이다.

백골 사단 입구

쏟아지는 소나기를 흠뻑맞고 신술터널위로 우회하는 산을 넘어오니, 보병제3사단 백골부대가 보인다. DMZ 3사단 관할에 들어온 것이다. 길옆에 있는 군부대와, 아파트, 숙소, 훈련소 등이 모두 3사단 관할에 있다. 그리고 이들은 우리의 DMZ를 철통같이 지켜 줄 것이다.

자등리 시가지

3사단 백골부대가 있는 자등리 시가지에는 군부대 편의점이 눈앞에 제일 먼저 보이고, 식당과 119구급대가 보인다. 시가지 전체가 부대와 관

련되어 있는 것 같다. 저녁 식사를 하던 식당도 군인을 상대로 영업하고 인근 편의점도 군인들로 인하여 유지되고 있는 듯 하다.

자등리의 현실

백골사단을 지나 자등리에 도착하니 이런 글이 있다. '3사단 이사 가세요? 자등리도 데리고 가세요' 라는 문구가 보인다. 3사단이 이사 가나보

다. 군 부대와 함께 한 삶이 많은 지역 주민들에게는 믿기지 않는 현실 인가보다. 접경지역에서만 볼 수 있는 지역주민들의 속마음이 깊이 우러나는 문구에 가슴이 찡하다.

14

화강달빛공원에서 하룻밤

8월30일 일요일 13일차 23km – 와수리, 화강

오늘은 자등리에서 와수리까지 종주 여행을 할 것이다.

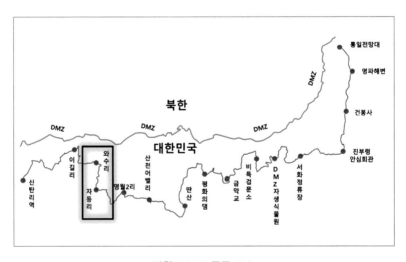

강원도 DMZ 종주 코스

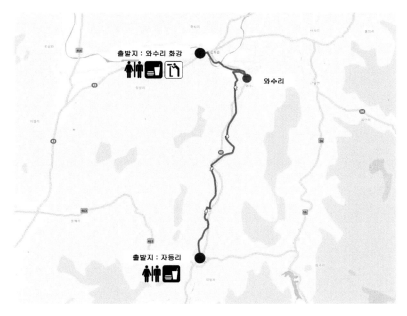

오늘 걸을 종주 코스

와수리 가는 길

수영장이 함께있는 펜션인데, 비가와서 물에는 들어가보지도 못하고 하룻밤을 보내고 나서려 하니 아쉬움이 많다. 밤새 구슬구슬 내리는 비가 아침이 되어서 잠시 멈춘다. 간단히 아침을 먹고 나선 종주 길은 잠시 멈춘 가랑비에 이어 계속 내렸다 멈추다를 반복하며 종주길을 혼란스럽게 하고 있다. 더위에 습기까지 머금고 있어, 피로도도 높고 불쾌지수도 높아지는 날씨가 오전 종주 내내 이어진다.

바닥에서 뜨거운 열기가 올라오고 먼 산마루에 구름이 뭉게뭉게 올라

가는 것도 보인다. 그러다 하늘에 시커먼 구름이 몰려오기도 하고, 길 옆 개울에 비가 와서 그런지 너른 물이 냇가를 가득 채우고 흐른다.

잠시 냇가 뚝방에 앉아 휴식을 취하는데 길 옆 민박집에 휴가온 사람들이 먼 발치에서 우리에게 말을 걸어오더니, 이내 시원한 음료를 건네준다. 일반 여행객들과 음료를 마시며 잠시 담소를 나누어 본다. 그리고 갈 길이 바쁜 우리에게 파이팅을 외쳐주는 목소리를 뒤로 하며 길을 재촉한다.

펜션의 아침 풍경

수영장도 있고, 연못도 있고, 정자도 있는 아름다운 펜션 마당에 잔디가 곱게 자라고 있어, 주인에게 물어보니 약을 치지 않고 손으로 일일이 관리한 곳이라고 한다.

백골부대 마을 자등리마을 잇는 출렁다리

자등리에서 출발하는 종주는 냇가를 이어주는 구름다리 옆을 지나

면서 시작된다. 이 길은 평화누리길 4코스 누에 길과 함께 걷는 종주길이 될 것이다.

철원 평화누리길 4코스 누에길

길을 걷다보면 산 밑에 군부대들이 군데군데 보이는 것이 전방임을 실 감나게 하고. 다른 지역 과는 다르게 탱크, 장갑차 같은 중화학 무기들이 자 주 눈에 들어온다.

철원평야

평화로운 철원평야 산 아래 중무장한 군부대도 보인다.

잘 정비된 냇가

물고기 오름 돌 따라 시냇물이 흐르고, 뒤편 군인 숙소가 잘 정돈되어 있다.

또 다른 길

 절벽 옆으로 잘 정비된 데크길과 들녘 한 가운데를 가로지르는 길은
평화의 길에서 볼 수 있는
또 다른 풍경이라 할 수
있다. 절벽 옆 데크길 따
라 걸으면서, 발아래 시냇
물과 눈을 마주친다.

철원 평화누리길

 맑은 하늘에 소나기가 쏟아지려나~ 또다시 배낭에 우의 씌우고 걷
는다.

철원 평화누리길

철원 평화누리길 3코스 화강길 따라 와수리까지 이어지는 종주 길은 쉬리, 다슬기 같은 다양한 어종들이 살고 있는 화강 뚝방을 걸어가는 코스이다.

평화누리길에서 잠시 휴식 중

피곤한 다리 쉬어가라고 의자가 준비 되어있기도 하다.

한가로운 시골길

잠시 쉬었다가 이어지는 평화누리길 따라 한가로이 시골길을 걷는다. 너른 하천과 뚝방길을 따라 걷다보면 뱀이 나와 우리를 깜짝 놀라게도 하는데, 이럴 때는 가만히 서서 기다리면 길을 비켜준다.

화강달빛공원 에서

밤에 보면 더 아름답다고 하는 MOON LIGHT PARK 라고 하는 글귀가 보이는 화강달빛공원이라는 테마공원에 도착했다. 화강달빛공원을 넘는 사장교위에서 사진을 찍다가 누군가 휴대폰을 놓쳐 다리 아래로 떨군다. 물가 풀숲에서 전화 벨 소리는 울리고 위에서는 안타까운 마음에 발을 동동 구르는데 용감한 전사가 절벽을 기어 내려가고 있다.

와수리는 근처에 3사단 신병 교육대가 있어서 수료식 날에는 읍내가 혼잡하다고 한다. 제법 큰 상점과 음식점들이 있고 마트와 편의점들도 눈에 들어온다. 냉방이 잘 갖춰진 식당으로 들어가는데 식당 주인이 별로 탐탁지 않게 우리를 쳐다본다. 그래도 이 더위에 이동하기도 귀찮고 해서 싸늘한 시선을 뒤로하고 자리를 잡았다. 부대찌개에 라면을 넣어 먹는 맛은 어디서든 최고지만 오늘은 덤으로 불친절까지 넣어 먹으니 더 맛나다.

　아무리 건강한 사람도 장거리 종주여행을 할 때는 몸관리를 세심히 해야 한다. 제일 무서운게 물집이고 다음은 개인에 따라 다르지만 관절, 근육통, 복통 등 여러 가지를 신경써야 한다. 물집은 개인에 따라 다르지만 심하게 오는 사람과 약하게 오는 사람이 있는데 어떠한 형태든 모든 사람에게 한번은 오는 것으로 치료 방법도 개인마다 다르게 치료한다. 오늘 약한 복통과 함께 갈비뼈 아래에 통증이 오고 컨디션도 좋지 않다. 13일 동안 잘 버텨 왔는데 "뭘까" 하는 생각에 걱정이 된다. 지금은 아픔의 고통보다, 종주의 멈춤이 더 무섭게 느껴진다. 어떻게든 걸어야 하는데 조심스레 발길을 옮겨본다.

화강달빛공원

와수리 시내로 통하는 아름다운 화강달빛공원 다리를 건너간다.

와수리 시내

와수리 시내로 통하는 아름다운 화강달빛공원 다리를 건너간다.

오! 신이시여

오후 종주가 시작 되었다. 뙤약볕이 온 몸에 열기를 불어넣어 발길을 무겁게 하고 얼마가지 않아 길가 정자에서 휴식을 취하게 한다. 그리고 또 다시 끝없이 이어지는 뚝방길 따라 걸어간다.

잠깐만~ 이 길이 아닌가봐~ 히히히

코스를 잘못 들어서 오후 내내 걸은 길이 그냥 땀방울로 젖어 들었다.

오늘 종주는 여기까지 걷기로 하고 내일 좀더 파이팅 한다.

오늘 좋지않은 컨디션인데 무사히 마무리 할 수 있어 다행이다.

시원한 에어컨 밑에서 부대찌개로 점심식사를 하고

와! 이게 뭔가? 저녁에 요런 것도 먹으니 종주의 행복함을 느껴본다

15

금강산 철길마을 정연리

8월 31일 월요일 14일차 25km – 화강, 이길리, 정연리, 금강산전기열차

오늘은 와수리에서 이길리까지 종주 여행을 할 것이다.

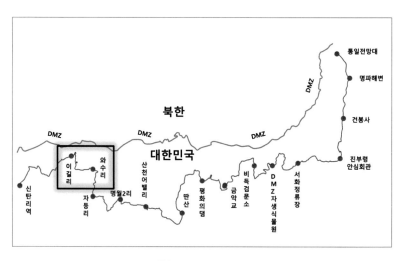

강원도 DMZ 종주 코스

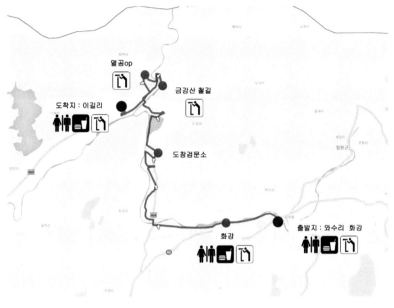

오늘 걸을 종주 코스

화강 뚝방길 따라 걷기

　오늘은 화강 뚝방길 따라 걸으면서 민통선 이북지역으로 들어가서 3사단 마지막 구간인 멸공OP에서 철책을 바라보며 남과 북의 GP를 조망하고 정연리 마을에서 하루를 머무르는 25km 종주 길이다.

　토스트는 만드는 방식이 사람마다 다르다는 것을 새삼 느끼며, 아침 토스트를 만들어 본다. 빵을 프라이팬에 살짝 굽고 계란 프라이를 완숙/반숙 섞어가며 만들어진 토스트에 우유한잔을 곁들여 먹으니 아침이 든든하다. 출발지 화강은 강원도 평화누리길3구간과 겹치는 곳으로 강을 따라 조성된 뚝방길을 걷는다. 한적한 시골 뚝방길에 예전에 보았던 소들만 없을 뿐 어릴적 추억이 새록새록 살아난다. 뚝방길 따라 느티나무가 식재되어 있고 넓은 강가에는 왜가리, 오리 들이 떼를 지어 한가로이 물을 휘젓고 다니고, 화강의 흐르는 물줄기가 넓어지면서 더 많은 새들이 무리져 강물을 수놓고 있는 모습은 평화의 길에서 볼 수 있는 풍경 중 하나이다. 강가 넓은 지역에 글램핑 하는 사람들도 오늘따라 한가로워 보인다.

화강은 토종 민물고기인 쉬리와 다슬기가 서식하는 곳으로 여름이면 다슬기 축제가 열리고 화강수변에 조성된 쉬리공원에서 화강의 시원한 강바람을 맞아 보는 즐거움을 느껴 볼 수 있는 청정 냇가이다.

화강

화강 뚝방

뚝방을 걸으며 화강을 바라 본다.

쉬리와 다슬기가 살고있는 화강

아름다운 화강에 쉬리와 물고기들도 함께 다니라고 어도가 만들어져
있다.

한가로이 노니는 왜가리

물가에 왜가리가 한가로이 여름을 즐기고 있다.

화강에서의 DMZ

너른 하천을 가로지르는 탱크 저지용 방어막을 보니, 전방임을 실감나
게 한다.

도창리 민통선 넘는 길

　화강길 따라 걷다 보니, 어느덧 도창리에 도착했다. 여기서 민통선을 넘어가야 하기 때문에 근처 식당에서 점심을 먹기로 한다. 민통선이라 그런지 육중한 민방공대피소와 함께 철문이 열려져 있다. 한적한 마을에 이른 점심이라 그런지 식당에 사람들이 없더니, 점심때가 되면서 인근에서 작업하던 많은 사람들이 몰려오기 시작한다. 예전에는 논일이나 밭일할 때 식사를 들녘으로 가지고 나왔는데, 요즘은 근처 식당으로 이동하여 식사를 하나보다.

　점심을 먹고 민통선 이북지역으로 들어가기 위해 도창검문소에 도착했다. 여기도 아프리카돼지열병과 코로나로 방역이 까다롭게 진행되고 있었다. 그나마 사전에 출입신청이 되어 있어 조금은 수월하게 들어 갈 수 있었다. 오늘도 검무소를 통과할때마다 느껴지는 긴장감을 간직한채 민통선 속으로 들어간다.

민방공 대피소

도창리에 도착하니 육중한 민방공 대피소가 눈에 들어온다. 대피소 근처 식당에서 오늘의 점심을 먹고, 정자 밑에서 잠시 휴식을 취하며, 도창리검문소에서 민통선 통과 검문 준비를 한다.

민통선에서 본 코스모스

한 여름 코스모스길 따라 평화의 길을 걸어간다.

끊어진 평화의 길

가다보니 길도 없는 숲길을 뚫고~ 민통선 이북지역으로 들어간다.

민통선 안에서

탱크저지선을 지나 논길을 걸어 뚝방길에 올라보니 지난 장마의 흔적이 여기저기 보인다. 뚝방길이 끊어진 곳, 부러진 나뭇가지에 걸려 있는 비닐봉지, 군부대 중대하나가 침몰된 곳도 있고, 여기저기 나뒹구는 컨테이너 박스와 수해의 잔해물들이 아직도 남아있는 것이, 방송으로 듣던 거 보다 더 크게 수해를 입은 것 같다. 끊어진 도로를 지나니 먼발치 긴 능선에 걸려있는 멸공OP가 보인다. 군부대를 통과하여 멸공OP까지 가파른 오르막을 올라갔다. 산 아래 인공기 2개 걸려있는 북한초소가 보이고 발아래 태극기와 UN기가 걸려있는 우리나라 초소가 보이는데 거리상으로 상당히 가깝게 느껴진다. 아래로 내려다보이는 철책길 따라 먼발치

초소들이 이어져 있는 이곳이 전쟁의 대결이 이어지는 철책과 사람의 발길이 닿지 않는 자연이 살아 있는 곳이며, 생태계가 숨을 쉬는 곳이기도 하다. 우리는 민통선 이북지역 남방한계선 근방을 걸어 금강산 가는 끊어진 철길의 흔적이 있는 곳으로 향한다. 기차는 멈추고 녹슨 철길만 남아 예전의 금강산 가는 철길을 알려 주고 있고, 끊어진 철교는 커다란 노천 박물관을 연상시키게 한다. 이곳에서 잠시 휴식을 취해본다. 일제 강점기 때 만들어진 철길로, 철원에서 금강산까지 관광객도 실어 나르고, 광물도 실어 나르던 철길 이었다고 한다. 철교 옆으로 한탄강 주상절리를 배경 삼아 사진을 찍어본다.

지난 장마에 끊어진 도로와 들녘

멸공 OP 가는 길

멸공 OP로 올라 DMZ를 마주해본다. (이하 사진촬영 금지로 사진 없음)

금강산 전기철도 교량 가는 길

금강산 전기철도 교량 가는길목에서, 3사단 전선휴계소 입구 길이 너무 아름다워 한 컷 사진을 찍어본다.

금강산 전기철도 교량

끊어진 철길~ 금강산 전기철도 교량 앞에서 휴식을 가져본다

금강산 전기철도

1926년 세워진 금강산전기철도용 교량으로 철원역에서 내금강까지 총 116.6km를 운행하던 철도였다.

민통선 마을

　정연리에 있는 금강산철길체험관으로 향했다. 수해지역이라 조용히 머물다 가려고 했는데 마을 사람들이 친절하게 숙소도 내어주고 편의시설도 내어 주었다. 저녁을 해먹으려고 햇반과 반찬을 사왔는데, 이길리 마을 부녀회장님이 부득이 집밥을 해줘야 한다고 하면서 우리 모두를 초대했다. 얼마만에 먹어보는 집밥인가, 맛나게 먹으면서 이길리의 요모조모를 부녀회장을 통해 듣는 즐거움도 가졌다. 이길리는 총 67가구가 살고 있는 민북지역 이주마을인데 이번이 3번째 수해라서 마을 전체를 다른 곳으로 이전하고, 이곳은 자연환경지역으로 바꾸려고 한다는 계획이 있는데, 마을 주민 전체의 동의를 받아야 이주 가능하다고 한다. 참 한가로운 마을인데 자연 앞에서는 어쩔 수 없나 보다. 벌써 피로감이 몰려온다. 일찍 잠자리에 들어야겠다.

민통선 이북 마을

　멸공OP를 먼 거리로 돌아 민통선 이북마을 이길리와 정연리로 접어든다.

정연리 가는 길

눈이 시리도록 쭉 뻗은 이길리와 정연리 마을가는 뚝방길따라 걸어간

다. 6.25전쟁 전 까지 북한의 평강군에 속해 있던 지역이며, 철원에서 금강산가는 길목에 있는 마을이기도 하다.

금강산 철길 역이 있던 곳

표지판이 예전 금강산가는 정연역 이었음을 알려주고 있다. 6.25전쟁

전 철원역에서 금강산까지 가던 전철은 전쟁이후 없어지고 표지판 속 사진으로만 역사의 흔적을 찾아 볼 수 있는 이곳에서 하룻밤 머물기로 한다.

16
두루미 머무는 철원평야 가로질러 걷기

9월 1일 월요일 15일차 오전 36km −토교 저수지, 학저수지

오늘 오전은 이길리에서 학 저수지까지 종주 여행을 할 것이다.

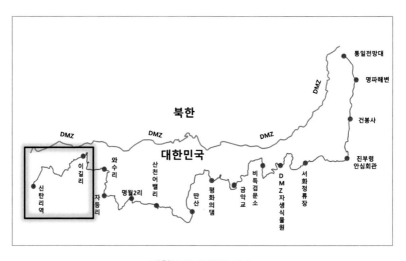

강원도 DMZ 종주 코스

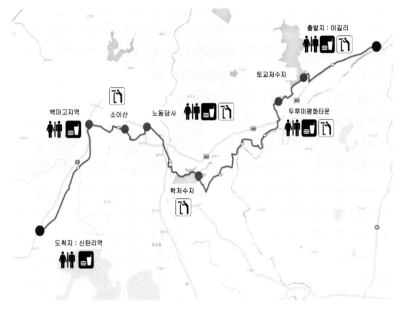

오늘 걸을 종주 코스

토교저수지 가는 길

　하룻밤 머문 민통선 이북지역의 밤은 가로등 불빛 하나없고, 멀리 불빛
이 켜져 있는 곳은 철책이고 군부대 뿐이다. 마을 어느 집에서 키우는 닭
울음소리가 아침을 깨우고, 덩 다라 개 짖는 소리가 장단을 맞춘다. 이른
아침을 먹고 철원평야의 두루미 찾아오는 민통선 이북지역 길 따라 이길
리 마을을 지나간다.

　금강산 철길마을인 정연리에서 이길리를 거쳐 민통선 이북 지역은 들
어오고 나가는 절차 모두를 군인들이 한다. 지역 주민은 출입증이 있어

자유롭게 드나들지만 외지인은 쉽게 들어갈 수 없는 곳이다. 이길 검문소를 통과하고 넓은 철원 평야를 가로질러 토교 저수지로 오르는 길목에 군 초소가 생기면서 민간인을 통제하고 있다. 사전 출입 허가를 받았기에 간단한 출입절차를 거치고 강원도에서 제일 크다고 하는 토교 저수지 뚝방에 오르니, 파란 하늘아래 넓은 호수가 눈앞에 들어오고 마치 유럽의 어느 산속 호수를 보는 것 같다. 고개를 돌려 뚝방아래 너른 들녘을 보니 수해를 입지 않고 풍요롭게 곡식들이 익어 가고 있다. 이제 조금 있으면 가을이 올 것이고 두루미와 철새들의 천국이 될 것이다.

이길리 민통선 검문소를 나와서

평화누리길 2코스 두루미 머무는 길 따라 이길리 검문소를 빠져 나와 토교 저수지로 향한다.

토교저수지

 어디가 하늘인지 저수지인지 구분이 되지 않는 넓은 토교저수지는 우리의 발길을 멈추게 한다. 그리고 물속에 하늘을 바라보며 종주의 즐거움을 느껴도 본다.

토교저수지 뚝방

 언제 걸어도 정겨운 뚝방길에서 오던길 되돌아 보며 길을 찾아본다. 뚝방길 끝 먼 산너머 DMZ가 새로게 느껴지고, 걸어온 두루미 머무는 평야가 정겹게 느껴진다.

두루미 머무는 곳

이곳 민통선 이북지역에 있는 이길리와 정연리 일대 철원평야는 천연기념물 202호 두루미가 겨울을 나는 지역으로 잘 알려진 곳이다. 가을이면 곡식을 풍성하게 수확하고 낱알은 두루미와 철새들이 먹는 평화로운 생태 탐방지역이기도 하다. 여기저기 두루미 관측이 가능하다는 글귀가 쓰여있는 전망대, 민박집, 식당이 보이고 두루미 모형들이 보인다.

발길을 돌려 철원평야를 지나 DMZ 두루미 평화타운에 도착하니, 천연기념물 202호 두루미와 천연기념물 243-1호 독수리 들이 재활하고 있는 곳이 보인다. 겨울에 다치고 지쳐서 다른 지역으로 가지 못한 철새들을 보호하고 재활시켜 다음에 그들의 보금자리로 보내주는 곳이다. 제철에 보아야 할 철새들이 새장 안에 갇혀있는 모습에 왠지 가슴이 찡하다. 여기서 잠시 휴식을 취해본다. 이제 우리의 쉬는 모습은 모두 비슷해져 간다. 더위와 비에 최적화된 휴식 방법을 알아서 일까? 신발 벗고 양말 벗고 의자에 앉아서 물 한 모금 마시는 행위가 모두 비슷하다.

철새 보는 집

얼마나 두루미가 많이 찾아오면~ 철새 보는 집도 보인다.

두루미 마을

두루미 마을답게 두루미가 날아와 놀고 있는 광경이 모형으로 만들어져 있다.

DMZ 두루미 평화타운

두루미는 철원평야에서 먹이활동을 한 후 이곳에서 쉬며 밤에 잠을 잔다. 두루미는 천적으로 부터 보호하기 위하여 낮은 물에 무리지어 잠을 잔다.

한탄강 주상절리따라 걷기

먼발치 고대산을 앞에 두고 이리저리 논길을 걸어 철원지역 한탄강 주상절리 길을 걸어간다. 한탄강 주상절리는 2020년 '한탄강 유네스코 세계지질공원'으로 인증된 세계적인 지질 유적지로, 용암이 굳어 침식되면서 만들어낸 현무암의 주상절리 절벽으로 유명하다. 가을이면 주상절리의 절벽에 담쟁이와 돌단풍이 물들고 석양에 절벽이 더욱 붉게 보여 적벽이라고 부르기도 한다. 너른 철원평야를 걷다 저만치 평야 밑에 절벽이 생기면서 그 아래로 물이 흐르는 풍경은 지금까지 우리가 보아왔던 하천과는 다른 태고적 모습을 보여주고 있다.

차가 뜸한 도로바닥에 '힘들지' '당신이 진정한 철인' 이라고 쓰인 글귀가 칠해져 있는 것을 보니 이곳이 철인경기를 하던 코스인가 본데 딱 우리를 두고 하는 말 같다. 서서, 누워서 글귀를 배경삼아 사진을 찍어본다. 철인이 되기 전에 길이 좋아 그냥 걷고 DMZ 평화의 길을 걷는 사람이고 싶다.

한탄강 주상절리

한탄강 주상절리를 감상하며 걸어간다.

주상절리가 펼쳐지는 철원 평화누리 길

주상절리따라 두루미 머무는 평화누리길을 한가로이 걸어간다.

고대산을 바라보며

앞산 넘어 먼발치 고대산이 구름아래 걸려있다.

히한한 도로

이런 도로도 있네~ 전국 철인들이 다 모여 있는 철인도로에서 그들의
강인한 체력을 느껴본다.

나도 철인

진정한 철인이 되어본다.

17

철마는 달리고 싶다 ~ 경원선 철길따라 걷기

9월 1일 월요일 15일차 오후 36km – 노동당사, 소이산, 백마고지역,
신탄리역

오늘 오후는 학 저수지에서 신탄리역까지 종주 여행을 할 것이다.

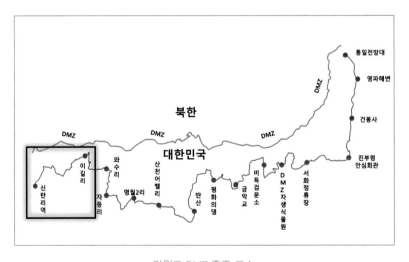

강원도 DMZ 종주 코스

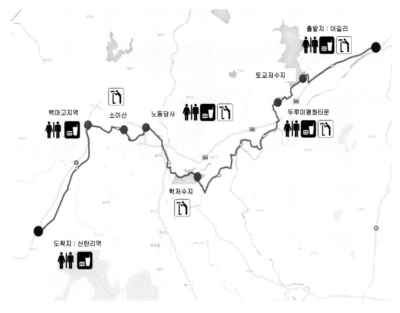

오늘 걸을 종주 코스

학 저수지를 돌아 노동당사 가는 길

금강산 철길 따라 한탄강 줄기를 걸어온 종주는 낮은 언덕을 넘으면서 마을길 따라 걷는다. 한집 건너고 두집 건너 조그만 슈퍼도 보이고, 방앗 간도 보인다. 마을 정자에 할머니 들이 모여서 정다운 이야기를 하다가, 우리를 보고 쉬어 가라고 자리를 피해주는 옛스러운 인심도 받아 본다. 길가 한식 부페식당에서 점심을 가져본다. 오랜만에 접하는 뷔페식이라 이것 저것 챙겨 보는데, 그래도 계란 후라이에 먼저 손이 간다. 그리고 후 식으로 모두 누룽지를 택하는걸 보고 다들 눈 웃음을 지어본다.

산길을 돌아 나오니 갈대와 습지가 잘 발달되어있는 학저수지가 눈에
보인다. 철원군 동송읍 오덕리에 위치하고 있으며 학이 많이 산다고 하여
학 저수지라고 불리고 있다. 학 저수지는 평지에 만들어진 저수지며 수
심이 2m내외의 늪지형태로 다양한 수생식물과 어종이 서식하고 있으며
철새들의 쉼터이기도 하다. 데크길은 저수지의 여기저기를 관찰할 수 있
도록 길을 만들어 주고 있으며 중간에 흔들의자는 우리의 지친 몸을 쉬
게 해 주었다.

철원 노동당사가 눈에 들어온다. 6.25 전 까지 북한이 노동당사로 사용
하던 곳으로, 포탄과 총탄자국이 촘촘히 나있는 3층 건물의 뼈대를 볼 수
있다. 전쟁 전에 이 일대는 철원의 중심지로 경찰서와 철원역 등이 있던
지역이며, 소이산에서 이들의 흔적을 볼 수 있다.

한적한 시골마을 길

학 저수지

점심먹고 갈대 무성한 학 저수지에 도착하니, 풍경이 장관을 이루고 있다.

갈대 무성한 저수지

아직은 키 작은 갈대가 무성하게 자라고 있고, 주변에 학이 없지만 가을이 오면 갈대밭에 머무르는 철새들의 낙원이 될 것이다.

또 다른 학이 되어

저수지에 또 다른 학 한 마리가 날아가려한다.

노동당사

산모퉁이 돌아 작은 언덕을 넘으니, 뼈대 앙상한 노동당사가 보이고, 그 앞에서 분단의 현실과 아픔을 느껴본다.

소이산 에서

소이산 정상은 해발362m로 고려시대부터 봉수대가 설치되어 함경도, 경흥, 회령, 길주, 안변, 철원, 양주, 서울 남산으로 연결되는 제1선인 경흥선의 봉수로에 속해 있던 산이라고 한다. 소이산 정상부는 6.25 전쟁 이후 미군이 진지를 구축하여 사용했으며, 지금은 소이산 평화마루공원으로 개발되어 일반인들의 출입이 가능하게 되었고, 전망대에서 철원 일대의 옛 모습을 그림자로 볼 수 있는 곳이기도 하다. 북한의 평강고원, DMZ 남방한계선, 철원역, 제2금융조합지, 얼음창고, 농산물검사소, 근대문화유적센터, 샘통 철새도래지, 월정역, 원산가는길, 평화전망대, 제사공장지, 아이스크림고지, 제2땅굴, 철원공립보통학교, 옛철원군청사지, 철원경찰서, 노동당사, 금강산가던 철길 등이 있었던 예전의 철원 시가지를 그대도 내려다 볼 수 있다.

철원역은 경원선이 지나가고 이 역에서 금강산 가는 철길이 분기했던 커다란 역이었다. 당시 서울역과 비교 될 정도로 경원선에서 손꼽히는 역 중 하나였으나 전쟁으로 역사는 무너지고 철길이 끊어졌으며, 시가지는 폐허로 변하게 되었다. 그리고 경원선과 금강산선이 끊기면서 '철마는 달리고 싶다'라는 팻말이 이전 역인 백마고지역에 세워지게 되었다.

이제 노동당사에서 소이산으로 6.25전쟁의 최대 접전지인 백마고지와 접경지역을 보고 구철원의 흔적들을 보러 간다.

소이산 평화마루공원

옛 미군 기지

예전에 미군이 사용하던 숙소와 벙커가 그대로 보존되어있다.

소이산 정상에서

소이산 전망대에 올라 DMZ 너머 북녘 땅과 구철원 일대의 여기저기를 내려 본다.

철원 얼음창고

옛날 얼음창고가 있던 자리

철원 은행

옛날 철원은행이 있던 자리

강원도와 경기도의 경계에서

소이산 생태숲 녹색길 따라 백마고지역으로 걷다보니, 철원지역 너른 평야의 푸르름이 펼쳐지고, 먼 산위에 구름이 둥실둥실 우리 마음처럼 흘러 다니다.

백마고지역을 지나 철길따라 시골길 따라 걷다보니 저만치 끊어진 철교가 보인다. 차탄천 구경원선이 다니던 철교인데 새로운 철길이 생기면서 지금은 끊어진 철교로 남아 있다. 철교 아래 흐르는 냇물을 가로 지르는 다리가 강원도와 경기도를 넘나드는 경계지점인데, 이번 수해로 다리가 끊어지고 물만 차탄천을 가득 채워 흐르고 있다. 잠시 냇물에 발을 담그면서 강원도 접경지역을 걸어온 DMZ 이음길을 생각해 본다.

소이산 생태숲 녹색길

소이산을 내려와 갈림길
에서 백마고지 역으로 방
향을 잡았다.

풍경

　언덕 위 둥실둥실 떠가
는 뭉게구름 따라가다 걸
어간다.

강원도와 경기도의 경계 지점

차탄천 구경원선 철교가 보이고~ 강원도와 경기도의 경계를 넘어 간다.

종주 여행의 종착지인 신탄리역으로 가는 철길 옆 철조망에 소망을 담은 리본들이 걸려 있다. 작년 종주 길에 여기에 리본을 걸어 놓았는데 아직 남아 있나 찾아본다. 신탄리역에 도착하니 오늘 걸은 거리가 36km로 여행 중 가장 많이 걸은 하루 였다. 두루미가 머물고 금강산 가는 끊어진 철길의 흔적을 보면서 걸어온 마지막 종주 길에서 느껴보는 피곤함 속에 달콤함을 느껴본다.

신탄리역 소망철망 길

철마는 달리고 싶다. 신탄리역

아름다운 종주를 마무리 하며

이제는 멈춘 신탄리역 건물만이 덩그러니 남아 예전 모습을 보여주고, 철길 옆 녹슨 철모가 아련하게 느껴진다.

나의 종주 여행은 여기까지 이다. 강원도 전 구간 DMZ평화의 길을 완주 한 것이다. 한여름 무더위 속을 걷고, 쏟아지는 빗속에 모자위로 흐르는 물은 무언지 모를 쾌감을 느끼게 하였다. 끝없이 뻗어있는 길은 걷다보면 어느새 와 있고, 높디높은 언덕은 넘어와 있었다. 무성한 숲을 헤치고, 높은 산을 올라와 걷다 보면 거기에 와 있었다. 밀려오는 갈증에 한 모금 먹은 물은 또 다음 걸음을 걸을 수 있게 하고, 먼 곳에서 응원해주는 벗들의 메시지는 입가에 미소를 짓게 했다. 그리고 새벽 마다 울려주는 응원의 메시지가 온 몸에 엔돌핀을 넣어 주곤 하였다.

마지막 걸음까지 함께한 선생님들이 자랑스럽고, 마중 나와준 관계자 분들에게 무한한 감사를 드린다. 그리고 이곳까지 마중 나온 가족에게 사랑의 마음을 전한다.

끝으로 DMZ 2번째 종주 여행을 무사히 마친 내가 자랑스럽다.